삶은 갈래 사랑은 하모니

삶은 갈래 사랑은 하모니

삶은 갈래
사랑은 하모니

이상호

도서출판 역락

쓰며, 사랑하며

학창 시절에 수필은 붓 가는 대로 쓰는 글이라고 배웠다. 특별한 형식을 필요로 하지 않기에 누구나 쓸 수 있다고도 들은 것 같다. 그런데 막상 펜을 들어보니 '누구나'란 말에 '나'란 사람은 아니 들어있는 것 같다.

그래도 한 자 한 자 적어보았다. 억지로 예쁜 글귀를 찾으려 하지 않고 세상을 진실의 눈으로 바라보고 진솔하게 쓰려고 했다.

그래도 주저하는 것은 단지 글이 못나서일 뿐이 아니다. 글을 쓰면서 세상의 모든 사람이나 기존의 모든 고정관념과 차별해야 했기 때문이다. 글의 출발점은 사고의 분리라고 생각한다. 그 동안의 고정관념이나 다른 이들이 이미 보고 말한 바와 같아서야 어찌 자신의 글이라 할 수 있을까? 그러기에 내가 보고 느낀 바를 말하고, 다른 이들이 아직 아니 생각한 것처럼 생각되는 것들을 적어 보았다.

부끄럽지만 앞으로도 계속 쓰고 싶다. 내 작은 주위에서부터라도 사랑을 받는다면 말이다. 나에게 이런저런 핍박을 안겨 줌으로써 사고력을 갖게 한 이 모든 세상과 그것을 글로 옮기게끔 용기를 준 아내에게 고마울 뿐이다.

지은이

차 례

4 작은 여성으로서

내밀한 사랑

두 여자를 사랑할 수 있을까?

　강원도 어느 자그마한 마을에 '김의원'이라는 동네병원이 있었습니다. 대도시의 큰 병원에 비할 바는 아니지만 그런대로 마을 사람들이 위로를 얻는 곳이었습니다. 50을 갓 넘긴 원장님은 말끔한 구석이라곤 찾을 수 없는 거무튀튀하고 수더분한 인상을 풍기는 동네 아저씨였습니다. 그도 그럴 것이 나고 자란 곳이 그곳이요, 의학공부할 때만 잠깐 바깥바람을 쏘였기 때문입니다. 동네 유일한 의사로서 소명의식이 있었으나 주위 사람들과 바둑을 두거나 막걸리를 즐기는 꽤나 소탈한 사람이었습니다. 농사 외에 특별한 수입원이 없는 그곳에서 유일한 알부자였음은 두말 할 나위 없었습니다.

　그가 아내에게 다정다감하고 아기자기한 사랑을 준다고 생각하는 사람은 없었지만, 그래도 깊은 마음으로 아내를 대한다는 소문은 익히 알려져 있었습니다.

　그런데 어느 날 그의 아내가 암에 걸렸다는 소문이 들렸습니다. 동네 사람들이 그의 눈치를 살폈지만, 평상시와 다름없이 병원 문은 열려 있고 원장님의 동정도 별반 다르지 아니했습니다. 바둑을 둘 때나 술을 마실 때 간간이 인생에 대한 철

11

내밀한 사랑

학적인 얘기를 한두 번 내뱉는 것이 전부였습니다.

결국 그의 아내는 원자력 병원에 입원했습니다. 하루 입원비가 얼마가 된다느니 몇 달밖에 살 수 없다느니 하는 말들이 오갔습니다. 그는 아내를 살릴 수 없음을 알았지만 많은 재산을 처분해서 병원비를 댔습니다. 20여 년을 함께한 사람이 가는데 고칠 수 있건 없건 자기 할 도리를 하는 것이었습니다. 병문안을 갔던 누군가의 얘기로는, 그의 아내가 너무 미안해하고 고마워하며 눈물을 흘린다는 것이었습니다. 원장님의 마음에 하늘이 감동했는지, 아니면 아내가 남편을 홀로 두고 갈 수 없어서였는지 1년이 넘는 투병 생활에 재산은 탕진되고 있었습니다.

그런데 문득 그의 아내가 이상한 생각을 하게 되었습니다. 자신의 남편은 일주일 이상 성행위를 하지 아니했던 적이 없었기 때문입니다. 평소 무덤덤한 남편이지만 때가 되면 어린애 같이 보채곤 하던 모습이 떠올랐습니다. 그런 남편이 일년이 넘도록 성생활을 안하고 있다는 것이 믿어지지 않아 자신의 가장 친한 친구를 불렀습니다. 그 친구로부터 들려온 남편의 소식은 아직 스무 살도 안 된 병원 여사무원과 놀아난다는 얘기였습니다. 원장의 아내가 멍한 표정을 짓고 아무 말도 못하더라는 얘기가 이리저리 떠다녔습니다.

결국 원장의 아내는 죽고, 그는 1년도 안 되어 30년 연하의 여사무원과 결혼했습니다. 동네 사람들은 다들 못된 놈이라고 떠들어댔고 결혼식에는 가까운 혈육조차 오지 아니했습니다.

　그런데 동네에 새 화젯거리가 생겼습니다. 삼삼오오 모이기만 하면 "과연 김의원 원장이 병치레하는 아내를 사랑했을까?" 하는 것이었습니다. 아내를 사랑했다면 아내가 생사를 다투는 와중에 30년 연하의 여자와 놀아난 것이 이해가 되지 아니했고, 사랑하지 아니했다면 살아나지 못할 사람을 위해 재산을 거의 다 탕진하면서까지 치료비를 댄 것이 고개를 갸우뚱거리게 만들었습니다. 어떤 사람은 아내를 사랑했지만 성적인 본능이 젊은 여자와 가깝게 만들었을 것이라고 했고, 어떤 이들은 아내를 사랑하지 아니했지만 남들 이목에 치료비를 댈 수밖에 없었을 것이라고 얘기했습니다. 누군들 그 마음을 알 수 없고 결론이 날 문제는 아니었습니다.

　남남이 만나서 한평생 산다는 것은 결코 쉬운 일이 아닙니다. 때로는 다투기도 하고 사랑놀음도 하지만, 부부 간의 사랑은 시간이 지날수록 엷어지기도 하고 깊어지기도 합니다. 서로 사랑하며 행복을 지향하려는 목적이 뚜렷한데도 말입니다.

　이제 우리나라도 이혼율이 매우 높은 나라가 되었습니다. 이혼만은 안 된다고 생각하는 사람은 구세대가 되어버린 지 오랩니다. 배우자의 외도가 아니더라도 단순한 성격차이를 극복하지 못하거나 각자의 장래를 위해 갈라서는 일이 비일비재합니다. 가치관이 요동치고 있는 것입니다.

　완전한 사랑이 가장 좋은 사랑은 아닙니다. 서로 애지중지

내밀한 사랑

하며 사랑이 깨질까 조심하며 헌신한다고 해서 그 사랑이 끝까지 간다고는 볼 수 없습니다. 한 번 권태를 느끼기 시작하면 벌어지는 것은 시간문제이기 때문입니다. 그렇다고 날마다 깨지는 소리가 요란한 가정이 좋다는 것은 아닙니다. 그런 가정이야말로 결과가 뻔히 보이는 가정입니다.

우리나라 20세기 후반부의 정치사를 3金 時代라고도 합니다. 어떤 정상적인 정치적 구조나 법이 아닌 그들 개인의 의사로 국가의 대소사가 좌우돼 왔기 때문입니다. 그럼에도 불구하고 국민들이 그들에게 많은 지지를 표로 모아 보내줄 수 있었던 것은 愛憎이 교차되는 관계였기 때문입니다. 3金이 훌륭한 모습만 보였다거나 좋지 못한 모습만 보였다면 그들의 정치생명은 훨씬 짧았을 것입니다.

가장 위험하지 않은 사랑, 곧 가장 오래가는 사랑은 애증이 교차되는 사랑입니다. 사랑과 미움 어느 한편으로 쏠리지 아니하고 화냄과 용서함이 반복되는 사랑입니다. 이런 사랑은 오래 갈수록 깊은 사랑을 만듭니다.

이런 사랑으로 불혹의 나이 사십을 넘긴 부부는 과거를 회상하는 것만으로 행복합니다. 거의 모든 가정이 이런 사랑으로 끝까지 간다 할 수 있습니다.

그런데 아무리 단란한 가정도 하나님이 갈라놓을 때가 있습니다. 이 세상의 일은 우리의 노력과 이성과 과학으로 다 감당할 수 없을 만큼 크고 넓기 때문입니다. 이 때 대부분의 사

14

람들은 새 배우자를 생각하게 됩니다. 그때는 아내와의 깊은 사랑이나 단란했던 가정이 아무런 힘을 나타내지 못합니다. 신앙인이 아닌 이상 단지 새 상대에게 얼마나 가치를 느끼고 사랑을 느끼느냐에 따라 결정됩니다.

　김의원 원장님은 아내를 사랑했습니다. 다정다감하지는 못하지만 끈끈한 정을 주는 전형적인 근대적 가장이었습니다. 그러기에 경제적 파탄에 관계없이 끝까지 아내에게 돈을 퍼부을 수 있었습니다. 비록 머리카락은 빠지고 흉한 몰골로 변했지만, 그녀는 자신 하나만을 믿고 시집 와 지금까지 내조해 온 아내였습니다. 애처로운 아내를 보니 과거가 더 생각나고, 과거를 하나하나 생각하니 너무나 아름다운 그녀였습니다.
　그런데 원장님 옆에는 빈 자리가 생기고 있었습니다. 그것은 성욕에 관계되는 자리가 아니었습니다. 이런저런 시름으로 성욕을 잃어버린 지 이미 오래되었기 때문입니다. 다만 아내가 해야 되는 일……. 그 일을 하나하나 챙겨주는 젊은 그녀가 아름답게 느껴졌습니다. 그녀의 해맑은 웃음과 파릇파릇한 행동에 마음이 움직였습니다. 20대에 보았던 방년 18세는 예쁜 그녀였지만, 50대에 보는 방년 18세는 싱그러움 바로 그것이었습니다. 그에게 삶의 아름다움과 존재의 필요를 자각시켜 주는 아름다움이었습니다.
　원장님은 두 여자를 사랑했습니다. 병상의 아내와 지금 자

15

신을 일깨워주는 젊은 여성이었습니다. 그것은 '누가 더 가깝
고 누가 더 필요한가?' 하는 문제로 나눌 수 없었습니다. 다만
그에게는 두 여자가 필요했습니다.

　우리에게 잘 알려진 어느 시인이 젊은 나이에 아내를 잃고
'○○○ 당신'이라는 유명한 시를 남겼습니다. 가 버린 아내를
연모하며 이미 가 버린 아내를 다시 가슴에 품었고, 시인으로
서의 명성도 따랐습니다. 그런데 그런 그도 1년이 안 되어 새
장가를 들었습니다.
　가 버린 당신을 연모한 것이 가식이었을까요? 너무 쉽게 잊
어버린 것일까요? 아닙니다. 다른 사랑이 너무 쉽게 찾아온 것
입니다. 빈 자리가 너무 쉽게 드러난 것입니다. 지금 그 시인
도 두 여인을 사랑하고 있을 것입니다. 김 의원 원장님보다는
보다 더 풍부한 감성을 지녔음으로 해서 아주 깊고 쫄깃하게
두 여인을 사랑할 것입니다.

확인하고 싶은 남편, 너무 솔직한 아내

우리나라의 야한 에로영화 정사장면을 보면 하나같이 여자의 신음소리가 너무 크게 나옵니다. 시청자에게 좀더 자극을 주고자함인 것 같으나, 오히려 가식으로 느껴져 효과가 반감되는 경우도 많습니다.

그리고 또 하나의 특징이 있다면 남자가 여자에게 자신의 힘의 정도를 확인하고 싶어한다는 것입니다. 남자가 한창 성행위를 하면서 밑에 있는 여자에게 "좋아? 좋아?" 하고 묻는 장면이 그것입니다. 그러면 여자는 "음, 좋아, 음, 음" 하고 만족스런 대답을 하거나, "아이, 몰라, 몰라" 하면서 불만족스러움을 나타내기도 합니다. 그런데 만약 후자의 경우를 당한 남자라면 아마도 당장 뱀탕과 같은 정욕에 좋다는 약을 찾거나 밤업소에 근무하는 남자 같은 경우에는 이상한 수술을 할 것입니다. 이와 같이 한국의 남자들은 자신의 힘을 확인하고 싶어하고, 한국의 여자들은 옛날과는 달리 너무 솔직하게 화답합니다.

저는 개인적으로 이런 생각을 해보았습니다. 한국의 남자들이 정욕에 좋다는 것이면 지렁이든 굼벵이든 무엇이든지 먹으

내밀한 사랑

려고 달려드는 것은 한국의 여자들이 그만큼 솔직해진 때문이요, 개화 이후 서양인의 그것이 조선인의 그것보다 훨씬 크다는 것을 한국의 남자들이 알았기 때문이라고 말입니다.

아무튼 한국의 남편들은 무덤덤하긴 하지만 여자를 위하는 일에 온 신경을 집중시키고 있는 사람들입니다. 그런 남편들에게 아내들은 얼마나 야코를 죽입니까? "아이, 몰라, 몰라" 하는 정도는 그래도 괜찮습니다. 행위가 끝난 후 "피이-" 하며 침대에서 등을 돌린다거나, 아침에 일어나 실눈을 살짝 뜨고 입을 삐쭉대면 아무리 항우장사 같은 남편이라도 꼬리를 내리기 마련입니다.

우리나라의 경제가 급물결을 타고 오르던 시대가 지나가고 정치·경제·사회·문화 전반에 걸쳐 혼돈의 시대가 도래된 지금, '고개 숙인 아빠'라는 신조어가 등장했습니다. 기업이 어려워져 일자리를 창출하지 못하므로 컴퓨터나 신세대 감각이 떨어지는 아빠들이 실직하게 되는 이야기입니다.

아니 지금이야 어찌 되었든 과거 대기업에서 잘 나가던 사람은 그래도 할 말이 있습니다. 시대를 잘못 만나 그렇지 능력이 없는 것은 아니라고 말입니다. 그런데 청운의 꿈을 안고 대학에 들어가 졸업한 이후 변변한 직장도 얻지 못하다가 자그마한 장사를 하게 된 사람은 그게 아닙니다. 자신이 어렸을 때 아무나 할 수 있다고 믿어왔고, 실제로 공부와는 별 상관

삶은 갈래 사랑은 하모니

없는 것 같은 장사를 하는 사람들은 스스로 자족하며 인내하기도 벅찹니다. 대학 공부해서 얻은 것이라곤 대학 나온 아내밖에 없으니까요.

남편이 자그마한 사업을 하는 어느 가정의 이야기입니다. 사업의 규모가 작을 뿐 아니라 수입 또한 일정치 않아, 아내가 옷가게에서 파트타임으로 일하며 아이들 학원비와 공과금을 해결하고 있었습니다. 그렇지만 남들이 보나 그들 스스로 생각해 보나 단란한 가정이라고 생각되었습니다.

그런데 어느 날, 남편이 출근하다 말고 무심코 던진 말 한마디가 뜨거운 감자가 되었습니다.

남편이 "당신, 나랑 결혼해서 후회하는 거 아냐?"라고 농담을 건넸을 때, "후회는 무슨 후회요. 다 자기 나름대로 살면 되는 거지요"라고 응했더라면 아무 일도 없었을 것입니다. 그런데 아내에게서 "그러게 말이에요. 차라리 샐러리맨 같은 사람 만났더라면 앞날 걱정일랑은 안 하고 살았을 것인데요"라는 말이 너무 쉽게 튀어나오고 말았습니다.

순간 남편의 얼굴에 섭섭함이 짙게 배어 나왔습니다. 낙담하는 빛이 역력했습니다. 그래도 자신은 최고의 남편은 아닐지라도 나름대로 행복한 가정을 꾸리고 있다고 생각해 온 터였습니다. 그런데 "이 여자가 나를 만난 것을 후회하는구나! 내가 고생시키고 있구나!" 생각하니 자존심도 상하고 한없이 섭섭한 느낌이 들었습니다. 남편이 더욱 절망하는 것은 아내의 불만족을 알았지만 앞으로도 그것을 채워줄 방법이 거의 없다는 생각 때문이었습니다. 유망한 사업도 아닌 너무나 빤한 사업으로는 아내에게 돈도 명예도 줄 수 없었습니다. 차라리 가정에 좀더 충실하라면 그것은 할 수 있겠지만 말입니다.

아내는 남편이 낙담하며 괴로워하는 표정을 보았습니다. 뭐라고 말은 안 하지만 조금 굳게 다문 입의 굳어진 표정이 아내에게 보였습니다. 남편은 그 상태로 문을 나섰습니다.

그런 남편이 아내는 야속했습니다. 옹졸하고 속이 좁게 느껴졌습니다. '뭔 남자가 저 모양이야?'라고 중얼거렸지만 하루 왼종일 일이 손에 잡히지 않았습니다.

아마도 남편은 일생동안 아내와 가족에게 자신 없어할 것 같았습니다. 남편은 자신이 그 정도 일밖에 못할지라도 아내가 마음속에서 이해해 줄줄 믿었을 것입니다. '지금 시절에 그래도 빚지지 않고 사는 것이 어디냐? 나만 이런 것이 아니라 이 시대 많은 아빠들이 그렇지 아니하냐? 그래도 나는 외도하지 않고 처자식과 잘 살고 있지 아니하냐?'라고 생각했을 것입니다. 그런데 현실에 너무 솔직한 아내의 한 마디가 그들의 마음을 아주 오랫동안 서먹서먹하게 만들었습니다.

요즘 한국의 남자들은 아내에게 확인하고 싶어합니다. "좋아? 좋아?"라고 말입니다. "음, 좋아, 음, 음" 하는 아내의 한 마디가 흩어진 삶의 갈래를 사랑의 하모니로 묶을 수 있을 것입니다.

20

과거에 사는 아내, 현실에 쫓기는 남편

신혼 초, 몇 년 동안 모 제약회사 세일즈맨으로 근무한 적이 있습니다. 병원이나 약국에 가서 우리 회사의 약을 설명하고, 주문과 대금을 받아오는 일이 주업무였습니다. 평소에도 '의사'하면 공부를 잘해 부와 명예를 얻은 사람으로 여겨져 주눅이 들어 있었는데, 그들에게 아쉬운 소리 해가며 약을 파는 입장이 되니 나 자신이 더욱 초라하게 느껴졌습니다.

그런데 회사 동기생 중에 의사 아내를 둔, 억세게 운 좋은 녀석이 있었습니다. 그 친구는 직장 상사에게 "월급은 작게 줘도 좋으니 제발 쫓아내지만 말아달라"고 부탁을 해 화제가 됐던 적이 있습니다. 의사 아내가 많은 돈을 벌어오기는 하지만 한 여자의 남편으로서 직장은 있어야 했기 때문입니다.

직장 동료들은 그를 부러워하며, '그가 어떻게 의사를 꼬드겨 결혼할 수 있었을까?' 하는 생각을 하게 되었습니다.

그 부부는 대학시절 만났다고 합니다. 남자는 취직도 잘 안되는 별 볼일 없는(?) 학과를 다녔지만, 학교에서 제일로 알아주는 통기타맨이었습니다.

대학축제가 만발하는 5월이 되면 어김없이 수천의 학생 앞에 나타나 통기타를 튀기며 노래를 부르는…… 그야말로 교내에서는 스타 중의 스타였습니다. 결국 의학공부를 하던 여대생은 홀딱 반했고 결혼을 하게 되었다고 합니다.

그래서 그녀는 항상 과거에 살았습니다.

학창시절만 생각하면 즐겁고 남편이 자랑스러워 보이며, 자기 자신은 스타를 내 것으로 만들어버린 대단한 여성이라는 생각이 들었기 때문입니다.

친구들이 남편에 대해 물어오면 더욱 신이 났습니다.

"네 남편은 누구니?

"응, 왜 있잖아, 너도 알 거야. 축제 때 통키타 메고 ○○○ 부르던 남자 말야."

"어머, 정말? 어쩜 너같은 애가 그런 남자와 다 사귀었니?"

"부럽다, 부러워."

"그런데 지금은 뭐하니?"

"응, 회사원이야."

회사원이라고 하면 친구들은 보통 '꽤 괜찮은 회사의 사무직이려니……' 생각하지, 가방에 판촉물 넣고 이 병원 저 병원 찾아다니는 세일즈맨이라는 생각은 하지 아니했습니다.

과거에 사는 여자.

나의 아내도 그런 닉네임을 자기 자신이 붙이고 사는 여자입니다. 물론 그녀의 남편은 여의사의 남편처럼 스타 출신이 아니고, 그녀 자신도 의사만큼 사회적 위치가 높지는 않습니다.

그래도 아내는 과거에 삽니다.

다만 앞에 소개된 친구보다는 좀더 소박할 뿐입니다.

언젠가 나는 아내와 심하게 다툰 적이 있습니다. 결국 그녀는 뛰쳐나갔고, 며칠 동안 시아버지 집에 머무르며 나를 압박해 왔습니다. 그러나 아내는 자신의 남편이 가는 사람 붙잡지 않고 오는 사람 막지 않는 사람임을 너무나 잘 알고 있었습니다. 결코 두 손 모아 빌며 자신을 데리러 올 사람이 아니라는 것을 말입니다. 종무소식에 시어머니가 더 화가 나셨습니다.

"야! 이혼한다고 전화해라. 제깟 놈이 별 수 있겠니?"

그러나 아내는 함부로 행동하지 못했습니다. 시어머니 말대로 이혼하겠다고 전화를 해도 오지 않을 것은 뻔한 일이고, 그렇게 되면 말만 꺼내 놓고 이혼하지 못하는 자신만 우습게 될 것이기 때문입니다. 그리고 정말 그렇게 막나가다 보면 돌이킬 수 없는 사태에 이를 수도 있다는 생각이 들었을 것입니다. 결국 아내는 시위를 걷고 말았습니다.

"제가 들어갈래요. 어차피 제가 선택한 사람인 걸요."

결국 그녀는 자존심을 접고 돌아왔습니다. 물론 오는 사람 막지 않는 나는 아내의 자존심이 상하지 아니하도록 꼭 감싸 안아 주었습니다. "미안해"라고 속삭이며.

가끔 나는 '무엇이 그녀로 하여금 나를 택하게 만들었을까?' 생각할 때가 있습니다. 짐작은 갑니다. 우리는 교회에서 만났

내밀한 사랑

습니다. 막힘이 없으면서도 신뢰성 있는 화술, 멋진 R. O. T. C.
제복, 교회에서 대학부 회장으로 사회볼 때의 신앙심 깊고 의
젓한 모습, 태권도 선수생활을 하면서도 공부도 우등인 남자,
함부로 접근하기는 쉽지 않은 적당한 나이 차……. 적어도 그
녀의 남편은 작은 모임이지만 그 안에서는 인기 있는 남자였
습니다. 작은 그룹 안에서는 사귈 수 있는 상대의 폭(?)도 좁아
지기 때문에 신경전도 구체적으로 치열하게 벌어질 수밖에 없
습니다. 그 와중에 아내가 원하는 것(?)을 얻었을 땐, 자기 자
신이 그야말로 스타를 잡은 대단한 여성인 것처럼 생각되었을
것입니다.

아내는 과거에 살고 있습니다.
나보고 살 좀 빼랍니다. 살을 빼면 훨씬 샤프하게 보인다며.
지금껏 다이어트한 적이 없는 나임을 생각하면, 아마 그녀가
나 따라다닐 때 내가 샤프하게 보였던 모양입니다.
그러나 나는 현실에 쫓기며 살고 있습니다. 세상에 찌들어
신선한 모습은 간 데 없고, 훌렁 벗겨진 머리에 적당히 부른
배가 40대 중반을 잘 말해주고 있습니다. 직장이나 사업에도
성공하지 못하여 아내에게 미안할 뿐입니다. 그래도 내가 바
가지를 긁히며 살지 않는 것은 아내가 현실을 직시하지 못하
고 과거에 살고 있기 때문입니다.
지난 구정 때 고등학교에 다니는 큰딸애가 할머니가 갖고 있

던 아빠의 젊을 적 사진을 보고 좋아라하며 챙겨 지갑에 넣는 것을 보았습니다. 그 녀석도 아빠의 과거가 좋은 모양입니다. 그러고 보니 나의 지금 모습이 어지간히 여러모로 초라한 모양입니다.

과거만큼이나 아름다운 삶을 다시 만들고 싶습니다. 의사와 결혼한 친구녀석이 궁금해집니다. 비 내리는 날 늦은 저녁 시간에 아내와 자녀들을 옆에 끼고 통기타를 치고 있을까요?

사랑에 대가는 없다

오늘날의 젊은이들을 가리켜 전쟁을 모르는 세대 혹은 배고 픔을 겪지 않은 세대라고 말들 합니다. 조국과 민족, 경제성장 과 같은 것에 집착하기보다는 일단 자기가 하고 싶은 것을 하 고 사는 발랄한 세대입니다. 그런데 기성세대는 이들을 향해 목숨 바쳐 나라를 지키고 불철주야로 일한 선진들의 헌신을 몰라준다고 생각하는 경향이 있습니다.

그러나 젊은이들은 그들 나름대로 항변합니다. 이제 세상은 바 뀌었노라고, 왜 우리가 아버지들처럼 살아야 하느냐고 말입니다.

사실 미국이 아니었다면, 우리나라가 공산화되었다는데 이 의를 제기할 사람은 아무도 없습니다. 그리고 그 이후의 생활 은 지금의 북한 주민처럼 굶주리거나 최소한 여타 공산주의 국가들처럼 저소득, 저자유의 생활을 하였을 것이라는데 이의 가 있을 수 없습니다. 이런 측면에서 미국은 우리 생명의 은인 입니다.

그런데 이제 이 사실을 모르는 세대들이 우리 사회의 주축 을 이루게 되었습니다. 물론 지식적으로야 알고 있겠지만 가

삶은 갈래 사랑은 하모니

슴에 와 닿지는 아니하는 세대입니다. 오히려 그들은 반미 감정으로 가득 차 있습니다. 거리에서 반미를 외치며 미대사관을 습격하고 성조기를 불태우는 사람들입니다. 이를 보며 기성세대들은 혀를 끌끌 차기도 하고 앞으로 있을지도 모를 패권국 미국의 냉대를 우려하기도 합니다.

국내가 이러할진대 미국에서야 오죽하겠습니까? 세계 곳곳에서의 반미로 인하여 가뜩이나 심사가 뒤틀려있는 판국에, 50년 혈맹의 한국마저도 그러하니 신경질적인 반응을 보이는 것이 당연합니다. 그들의 입장에서는 은혜를 원수로 갚는다고 생각할 수밖에 없을 것입니다.

그러나 사랑에 대가는 없습니다. 사랑을 베푼 만큼 다른 것을 요구할 수 없습니다. 이미 베푼 사랑에 대가를 바란다면 그것은 사랑이 아닙니다.

사랑에 빚진 자도 사실 그것을 갚을 수 있는 방법은 없습니다. 다만 그는 자신을 사랑했던 자를 사랑하는 것 뿐이요, 보답이 될 수는 없습니다.

어떤 사람이 자신의 목숨을 구해 준 사람에게 보답할 수 있는 길은 실상 아무 것도 없습니다. 무협지에 보면 칼을 든 자가 상대방에게 "지난 일을 생각해서 이번에는 네 목숨을 살려주겠다. 이것으로 너에게 진 빚을 갚는 것이다. 그러나 다시 만나는 날에는 너와 나 둘 중에 하나는 죽어야 할 것이다"라

내밀한 사랑

고 하는 대사들이 가끔 등장합니다. 그렇다고 해서 칼을 든 자가 정말 생명의 은혜를 갚은 것은 아닙니다. 상대방이 아니었다면 이미 자기는 죽은 목숨이었기에 상대방을 살려주었다고 말할 수 없습니다. 그는 다만 자신의 목숨을 구해 준 사람에게 사랑을 베푼 것뿐입니다. 결과적으로 이런저런 사랑을 서로 주고받은 것뿐이라는 말입니다.

우리의 신세대들은 미국에 빚진 것이 없습니다. 우리 기성세대들도 미국에 진 빚을 자식들에게 대물림한 적이 없습니다. 그 빚은 어차피 갚을 수 없는 것이요, 갚으라고 한 것도 아닙니다.

다만 우리는 미국을 사랑할 수는 있습니다. 그들이 사랑받을 위치에 있다면, 곧 사랑받을 만한 가련한 입장에 처했다거나 사랑받을 만큼 아름다운 일들을 하고 있다면 말입니다.

그런데 그들은 가련하지도 않고 더 이상 아름답지도 않습니다. 그들은 패권국으로서 오만합니다. 패권국이라는 이름 자체가 사랑받을 만한 위치가 아닙니다.

더군다나 그들은 예전의 미국이 아닙니다. 자유와 평화를 사랑하고 인간의 자연권을 사랑하던 미국이 아닙니다. 자유와 평등과 박애를 외치며 영국과 맞서던 미국이 아니요, 세계를 제패하려는 제국들에게서 약소국을 보호하던 미국이 아니요, 공산화를 막은 미국이 이제는 더 이상 아닙니다.

그들은 국익을 위하여 힘으로 밀어붙이기 일쑤고, 그들의

삶은 갈래 사랑은 하모니

정의가 곧 신의 정의라고 외칩니다. 여러 실질적 외교현안에 있어서 이중잣대를 들이대며, 심지어 스포츠에서조차 힘으로 판정을 이끌어내고는 거만한 얼굴로 펄럭이는 성조기를 쳐다 보며 마음으로 위대한 미국을 외치고 있습니다. 마치 자신들 은 사랑받을 필요가 없는 사람인 것처럼 말입니다.

내면적으로 미국이라야 미국이지 외면적 미국이 미국은 아닙 니다. 우리는 지난날의 미국에 사랑을 받은 것이지 오늘날의 미국에 사랑을 받은 것이 아닙니다. 자유와 평화의 미국에 빚 진 것이지 패권과 오만과 위대한 미국에 빚진 것이 아닙니다.

사랑의 대가를 바라면 삶의 갈래를 사랑의 하모니로 모을 수 없습니다. 사랑은 사랑으로 남을 뿐이요, 사랑은 주고자 하 는 것이요, 사랑은 과거가 아닌 진행형이어야 합니다.

내밀한 사랑

남성과 여성의 신비?

남녀 공학인 중학교를 다닐 때 꽤나 예쁜 여학생을 마음에 둔 적이 있습니다. '제 눈에 안경'이라는 말이 전혀 어울리지 않는, 아무리 객관적으로 봐 줘도 눈이 말똥말똥하고 쌍꺼풀과 보조개가 살짝 패인 그녀는 아름답고 신비했습니다. 물론 나이가 어렸을 때인지라 짝사랑했다고 쉽게 말할 수는 없지만, 그녀로 인하여 가슴의 많은 시간들을 태워버린 것 같습니다.

여성을 확인하고 싶어하는 것이 남성입니다. 결혼해서는 아직도 나를 사랑하고 있는지 행복을 느끼고 있는지 아내에게 확인하고 싶어하며, 결혼 전 어렸을 적에도 그녀가 정말 아름다웠는지 친구와 같은 타인을 통해 확인받고 싶어합니다.

"뭐어? 야, 걔가 이쁘긴 뭐가 이뻐?"

친구로부터 전혀 뜻밖의 반응이 튀어나왔습니다.

"국민학교 때 같은 반이었는데, 웬…… 내가 화장실에서 볼 일을 보고 있는데, 누군가 방귀를 부욱 북 뀌면서 여자 화장실로 뛰어들어가더라고…… 그리고 그 다음에 소리가 얼마나 요란하게 나던지, 내가 얼른 밖에 나와서 나오는 걸 지켜봤는데 바로 그 애더라고…… 그 이후로 그 애만 보면 그 생

삶은 갈래 사랑은 하모니

각밖에 안 나."
그 생각밖에 안 나는데 그녀가 예쁘게 보일 리 없었습니다.

남성이나 여성이나 장성해서 온몸에 촉촉이 물이 오르기 시작하면 사랑의 하모니를 찾게 마련입니다. 그런데 여성이 남성을 찾는 것보다는 대개 남성이 여성을 쫓아다니는 것을 볼 수 있습니다. 그 이유는 무엇일까요? 혹자는 그것이 여성은 향기를 발하고 남성은 힘이 넘치기 때문이라고 말합니다. 여자는 수줍어하는 성격인 반면에 남자는 적극적인 때문이라고 하기도 하고, 여자가 적극적이면 헤프게 보이기 때문에 마음은 그리 하고 싶어도 그리 하지 못하는 것이라고도 합니다.

모두 이치에 맞는 얘기임에 틀림없지만, 거기에다 여성의 신비로움에 남성의 향학열이 불붙기 때문이라는 이유를 한가지 더 첨가하고 싶습니다. 다시 말해서 여성이 남성보다 더 복잡한 신체구조, 더 현란한 각선미, 더 복잡한 심경을 갖고 있고, 단순하면서도 향학열에 불타는 남성은 그 신비를 찾아 신비의 여행을 떠나는 것입니다. 따라서 신비가 완전히 벗겨지면 더 이상 남성은 여성을 쫓을 마음이 생겨나지 않게 됩니다. 중학생이면 본격적으로 성에 눈을 뜨며 아름다움을 흠모하게 되는 나이지만, 한 여학생은 화장실에서의 한 사건(?)으로 인해 신비가 완전히 벗겨짐으로 한 남학생에게 평생 지저분한 여성으로 남을 수밖에 없었습니다.

31

　그렇다면 여성이 평생 신비로움을 간직하고 살 수 없을까요? 아니 신비로움을 간직하고 있어야 합니다. 남성이 신비로움을 발가벗기면 벗길수록 또다른 신비를 간직해야 합니다. 여성이 옷을 하나하나 벗어 던질 때 남성은 그 신비로움에 침을 꼴깍꼴깍 넘기며 적막 속에 바라봅니다. 그런데 마지막 남은 한 오라기의 팬티마저 벗어 던지면 별 것 아니라는 듯 볼 것 다 봤다는 듯한 마음으로 돌아옵니다. 더 이상 그녀에게 신비가 남아 있지 않기 때문입니다.

　우리가 혼전순결을 강조하는 것은 종교적·도덕적인 의미가 큽니다. 아울러 혼전에 순결을 간직한다는 것은 곧 신비를 간직한다는 말과도 같습니다. 아름다운 여성의 신비를 결혼 전에 잃어버리면 결혼 첫날밤에 마땅히 줄 게 없다는 뜻입니다. 그래서 결혼을 앞둔 여성이 낭군될 사람과 미리 성관계를 맺으면 결혼하지 못하는 수도 많았습니다. 물론 요즈음은 혼인빙자간음죄 같은 것을 염두에 두기도 하고 사고방식도 많이 변했기 때문에 그런 위험이 많이 사라졌지만 말입니다.

　여성은 결혼해서도 평생 신비로움을 간직해야 합니다. 한 남성이 결혼 후 아내의 신비로움을 다 만끽하고 더 찾을 것이 없어 권태기를 느끼다가 이혼한다거나, 아니면 그 정도는 아니더라도 아내의 잃어버린 신비를 대신해 자녀와 함께 단란함을 누리는 것으로 만족한다면, 그 여성은 아내로서 성공한 여성이라 할 수 없습니다. 창부는 옷을 벗는 것으로 자신을 다

보여준 것이지만, 아내는 그것이 시작일 뿐임을 남편에게 보여줘야 합니다. 그것은 날이 갈수록 다양해지는 성적인 테크닉과 섬세함을 뜻하는 것만은 아닙니다. 사랑의 밀어는 연애 시절보다 얼마든지 짙고 풍성하고 아름답게 오갈 수 있습니다. 필자는 아내를 안고 새벽을 맞도록 사랑의 밀어를 나눈 적이 있습니다. 십 수년 동안 살을 맞대고 세상을 부대끼며 지내왔으니, 그것이 다 사랑의 밀어의 소재가 될 수밖에 없었던 것입니다. 때로는 누나처럼 남편을 편히 감싸주기도 하고 어떤 때는 힘이 돼 주기도 하며, 외출할 때는 몸에 꼭 맞는 옷으로 중년의 아름다움을 보여줄 수 있어야 합니다.

그런가하면 아내가 점점 요리에 자신을 붙이는 것도 신비로움을 더해 가는 것입니다. 직장여성이라면 그 힘든 직장에서 나름대로 승진도 하고 인정도 받으면서 자신에게 남모르는 신비가 있음을 증거해야 합니다. 그러나 뭐니뭐니해도 또래들과 비교해서 아름다움을 잃지 않고, 청초함을 유지하며 부끄러움도 느낄 줄 아는 여성이 되어야 할 것입니다.

아내! 그 이름은 평생 신비로운 여성의 이름임을 잃지 말아야 합니다.

그렇다면 남성은 신비로운 존재가 아닐까요? 요즘은 그렇지 아니하겠지만 군대에서 권위와 신비로 부하를 다스리던 때가 있었습니다. 필자가 장교 후보생 시절에 교육받기로도 '소대장이 되면 부하들 보는 앞에서 화장실도 가지 말고 세수도 하지 말라'였습니다. 한 마디로 부하들에게 똑같은 존재가 아닌 신비로운 군인이라는 것을 보여주라는 것이었습니다.

요즘 일본에서는 우리 드라마 '겨울연가'의 인기가 하늘을 찌른다고 합니다. 주인공 배용준의 사진이 거리 곳곳에 걸려 있고 그 드라마를 찍은 남이섬은 일본인 관광객으로 넘쳐나고 있습니다. 가끔 그곳에 배용준이 나타나 사인회도 열고 사진도 함께 찍어주면 좋으련마는, 어느 조간 신문의 평으로는 신비로움을 간직하기 위한 전술로 잘 나타나지 않는 것 같다고 합니다. 우리와 똑같은 사람이 아닌 드라마 속의 주인공으로만 오랫동안 기억되게 하겠다는 뜻입니다.

남편에게도 신비가 필요합니다. 요즘 남성들이 50을 넘긴 이후에 아내와 자식으로부터 버림을 받는 경우가 많은 것은 신비가 없기 때문입니다. 노인 냄새가 나기 시작할 무렵에 직장에서 명퇴라도 당하는 날엔 더욱 그렇습니다. 아기를 돌봐주기를 하나, 다림질을 할 줄 아나, 멋이 풍기기를 하나, 똥배는 불룩 튀어나오고, 방귀나 북북 뀌고, 담배나 폴폴 피워대는 남편과 아버지를 누가 좋아하겠습니까? 영악한 아내와 자식들의 머리엔 이혼해서 재산 반 챙겨 가지고 나가 훨씬 자유롭고 편안하고 깨끗하게 살자는 생각이 핑글핑글 돌게 될 것입니다.

그래서 남성도 평생 신비를 간직해야 합니다. 여성이 아름다움의 신비를 간직해야 한다면 남성은 철의 신비, 지혜의 신

삶은 갈래 사랑은 하모니

비를 가져야 합니다. 지칠 줄 모르는 강인함으로 언제든지 어떤 때든지 가정의 든든한 우산임을 풍기고, 아내와 자식들에게 지식과 지혜가 끊임없이 나오는 보고임을 보여야 합니다. 직장 없는 남성은 아무리 집안일을 잘 돌봐도 신비가 반감될 수밖에 없습니다.

남성은 여성의 웃음과 속옷 속에 무엇이 있을까 생각하지만, 여성은 남성의 머리와 가슴속에 얼마만한 것이 있을까 생각합니다. 그 신비의 샘물을 계속 솟게 하는 것이 남남이 만나 사랑의 하모니를 유지하는 원동력입니다.

35

가난한 아내, 무심한 남편

도시락

무척이나 빠른 듯한 아내의 손놀림에도 주방일은 여전히 줄지 않고, 접시 부딪히는 소리만 요란한 것을 보니 기분이 꽤나 언짢은 모양입니다. 서른 다섯의 섹시한 미시족의 아내이지만 이럴 때는 꼭 돼지코에 금고리를 한 것 같습니다.

보나마나 도시락 때문이겠지. 도시락을 들고 삼삼오오 학교나 직장에 출근하던 문화가 거의 사라져 간 요즈음, 남편의 뜻에 따라 매일 아침 도시락을 싸야하는 아내의 마음을 알만도 합니다.

차라리 찢어지게 가난하다면 아내도 쉽게 이해를 할 것입니다. 처자식 먹여 살리기 위해 일급을 받고 출퇴근하는 남편이라면, 아내도 자신의 사랑과 정성과 기대를 듬뿍 담아서 도시락을 건넬 것입니다. 그런데 맞벌이를 하는 우리의 생활이 그 정도는 아니라고 생각하는 것 같습니다.

초등학교 교사인 그녀는 자신의 봉급만으로도 그럭저럭 살아갈 수 있다고 믿고 있습니다. 그리고 동료 교사와 결혼했더라면 경제적으로나 시간적으로 여유 있는 생활을 누릴 수 있었으리라고 은연중에 푸념하곤 합니다.

그런데 현실 속의 남편은 학교 앞에서 조그마한 구멍가게를 운영하고 있으니 수입이라야 그저 그렇고, 장사에 얽매여 가족 나들이할 시간도 없습니다.

처음에는 '시간이 흐르면 좀 나아지겠지' 하는 희망이라도 있었습니다. 남들처럼 쇼핑도 하고 외식도 하며 산과 바다를 여유로이 나다닐 때를 고대했었습니다. 그러나 중년이 되고 보니 더욱 더 생활은 빠듯해지고 짜증만 늘어나고 있습니다.

누가 그 마음 모를까? 직장에서 시달리고 가정일 꾸리는 것도 벅찬데, 없는 솜씨로 도시락까지 챙기다보면 힘도 들 것입니다. 뭔가 자신보다 여유 있어 보이고 화려해 보이기조차 한 동료 교사들을 볼 때면, 자존심도 상하고 초라하게 느껴지기도 할 것입니다.

아내는 내 출근 시간에 거의 도시락을 들려주지 못합니다. 곤한 잠 때문이요, 한편으로는 '등굣길에 갖다주면 되지' 하는 생각 때문입니다.

그런데 아내가 울상이 되어 가게로 들어왔습니다. 다시는 돌이킬 수 없는 큰 죄를 지은 사람의 표정으로 곧 흐느낄 태세였습니다.

"아니, 왜 그래?"

"아이, 몰라…… 몰라! 오다가 쇼핑백이 터졌단 말이야."

선뜻 방금 전의 상황이 시야에 들어왔습니다.

아내는 여느 때처럼 나의 도시락을 들고 집을 나섰습니다. 그런데 학교 앞 사거리에서 횡단보도를 건너는 중에 그만 쇼핑백의 밑이 터져 밥과 반찬이 도로에 쏟아져 버린 것입니다. 횡단보도 중간에서 나뒹굴어진 밥과 반찬을 주워 담는데, 등 굣길의 어린이들, 출근하는 직장인들, 심지어 만원이 된 시내버스 안의 사람들이 다 내려다보더라는 것입니다. 그야 그렇다 치고, 출근하던 동료 교사들이 봤을까봐 아내는 안절부절하며 학교로 들어가기를 두려워했습니다.

아내의 어깨를 감싸안았습니다. 지금 그녀에게 있어서 남편의 존재는 모든 것을 품어 안고 알을 까서 새로운 상황으로 만들 수 있는 어머니의 품이었습니다. 아내의 가냘픈 어깨가 실같이 떨려 왔습니다. 온몸에 눈물이 배어 있는 듯 촉촉함이 느껴졌습니다.

한동안의 시간이 지난 후, 아내가 이내 평온의 숨결로 잦아들었을 때, 나는 힘있는 한 마디로 그녀의 중심을 일으켜 세웠습니다.

"이런 일은 결코 창피한 것이 아니야. 우리는 지금 열심히 살고 있잖니?"

이미 그녀에게도 담겨있을 인생관이지만, 나의 이 한 마디

38

가 불변의 진리로 들렸을 것입니다.

아내를 교문 안으로 들여보냈습니다. 그녀의 걸음걸이는 숙제를 못다 한 어린이가 등교하는 바로 그 모습이었습니다. 왠지 초조해졌습니다. 그녀의 모습이 사라진지 오래도록, 나는 창 밖의 남자가 되어 교무실이라고 쓴 창을 응시하고 있었습니다. 나의 첫딸 현정이를 유아원에 입학시키고 나서 훌쩍 떠나오지 못하고 서성거리던 때와 같이.

오늘 밤.
아내에게 팔베개를 해 주고 도란도란 이야기를 나누고 싶습니다.
"많이 창피했지? 미안하다. 나 때문이야. 근데…… 당신 엎질러진 도시락 주워담는 모습보고 아이들이 뭐라 생각했을까? 아마 별다른 생각 못했을 거야. 요즘 아이들이 도시락에 얽힌 사연들을 느끼기는 힘들 것이니까. 물론 어른들은 좋은 느낌을 가졌을 수도 있어. 어렸을 적 엄마가 싸준 따스한 도시락을 손에 들고 논두렁을 걷던 모습들, 그리고 깜박 잊고 가져오지 않은 몇몇 학생들이 오던 길을 되돌아 내달리던 모습들을 생각하며…… 그들 나름대로 당신을 아름답고 소박하게 그려냈을 거야. 여보! 우리 그냥 이렇게 살자. 그럭저럭 재미있잖니. 언젠가 좀더 여유 있는 날이 오겠지. 그러나 인생은 본래 고달픈 거야. 짧은 세월을 살든 긴

내밀한 사랑

세월을 살든 부유하건 가난하건 고단하기는 매일반이야. 좀 여유가 있든 없든 누구나 어항이 작다고 느끼는 것 아니겠어? 오늘날의 모든 가정이 우리와 똑같이 도시락을 엎지르고 다시 주워담는 생활을 하고 있다고 생각하자.”

아내는 내 말을 잘 담을 것입니다. 사회적 위치야 내세울 것 없는 남편이지만, 그녀에게 있어서 나란 존재는 항상 심오한 철학가요, 든든한 산성입니다.

한 복

불혹의 나이가 드니 한복을 입은 여인네들이 왜 그리 아름다워 보이는지 모르겠습니다. 교회 행사에 여 전도회원들이 형형색색의 한복을 입고 나름대로의 불편함을 감수하며 자태를 뽐낼 때면 눈이 휘둥그래지곤 합니다. 그 모습으로 그네를 타던 옛날의 여인네들이 이보다 아름다웠을까? 감탄사를 연발하니 어느 여자분의 얘기가 나이 많이 먹었다는 증거랍니다.

그러고 보니 학교 다닐 때만 하더라도 한복 입은 어머니가 그렇게 예뻐 보이지 않았던 것 같습니다. 가끔씩 중학교 음악 선생님이 한복을 차려 입고 출근하셔서 ‘세모시 옥색치마~’를 열창해도, 국어 선생님이 ‘한용운의 승무’를 가르치며 한국의 미를 얘기해도 전혀 감흥이 없었습니다. 결혼할 때 한복

입은 아내의 모습도 그저 그랬던 것 같습니다.

그런데 흰 머리카락이 하나 둘 나기 시작하고부터 한복의 선과 색상에 어우러진 여인네들의 자태가 눈을 끌기 시작했습니다. 옛 여인들의 자태를 이조백자에 비유한다면 요즘 여인네들의 뽀얀 얼굴이며 목덜미와 어우러진 수려한 한복의 자태는 고려청자라 할 수 있을까요? 이것이 바로 일상에 찌들지 않은 한국 여인의 본래의 미일 것입니다.

무심한 남편이 아니라면 아내의 한복이 연상되어야 했습니다. 아내를 사랑한다면, 그리고 한복의 자태가 고운 줄 안다면 삶 속에 그 둘을 자주 연관시켜야 했습니다. 아내의 것이 어떤 색상인지는 물론이거니와 은은한 자태와 어색한 손놀림, 그리고 수줍어 빨갛게 달아오르는 볼이 선명히 보여야 했습니다. 그런데 하나도 생각이 나지 않는 것을 보니 무심한 남편입니다.

가끔 한복을 빌려야 하느니 어쩌니 한 것을 보면 아내에겐 그 옷이 없었던 모양입니다. 그 때 물어보고 한 벌 맞춰줬으면 좋았을 것을……. 그럭저럭 잘 넘어가고 있는 것 같아 나도 넘겨 버렸습니다.

교회에서 아내가 속한 연령대 전도회의 특송이 있는 날, 시간이 다 되어도 교회 갈 생각을 하지 않는 그녀를 이해했어야 했습니다. 모두들 한복을 입기로 했는데 입을 옷이 없어서 안

41

가겠다는 아내를, 그래도 가야한다며 억지로 일으켜 세웠습니다. 좀 낡은 옷이라도 괜찮다고 하는 말에 용기를 얻었음인지, 내 말을 무시할 수 없었음인지 영 내키지 않는 표정이지만 이리저리 치켜들고 옷을 갈아입는 아내……. 게슴츠레한 형광등 불빛에 비추어지는 분홍색 한복이 아직은 그럭저럭 입을 만하다는 생각이 들었습니다.

특송 시간에 여 전도회원들이 줄을 지어 앞으로 나아가는데 꽃들이 파도를 타듯 일렁거렸습니다. 찬양연습 30분에 옷매무새 단장은 1시간이었음을 쉽게 알 수 있습니다. 하나의 큼직한 꽃다발을 이루어 맑고 밝은 그 얼굴로 찬양의 향기를 발할 때, 듣는 이들은 찬양에 몰입되면서도 이리저리 고개를 내밀어 자태를 감상하느라 분주했습니다. 그런데 아내는 백 일 다 지나 시든 꽃 한 송이로 곧 떨어질 듯 매달려 있었습니다. 집의 희미한 형광등 불빛에서는 나타나지 않았던, 이미 탈색이 되다못해 희어져버린 옷으로 마음을 숨기지 못해 얼굴이 빨갛게 상기되어 있었습니다. 집에서 옷 갈아입을 때 보조개의 홍조는 내 시선에 부끄러움 때문인 줄 알았는데, 생각해 보니 지금의 상황을 미리 알았음이 아닌가 싶습니다. 그녀의 다리가 힘없이 주저앉을 듯합니다. 뜻하지 않은 상황을 본 내 억장이 무너져 내렸습니다. 사모를 비롯한 몇몇 어른들도 함께 안타까워했습니다. 아마도 그녀가 이 시대 인기가 좀 있다는 전문직 종사자이기에 더 그런지도 모르겠습니다.

42

삶은 갈래 사랑은 하모니

내가 너무 무심했습니다. 아내가 철학가나 사상가가 아닌 이상 최소한의 의식주는 해결해 주어야 했습니다. 그 옛날 하나님 외에 아무도 보는 이 없던 때에도, 아담과 이브는 부끄러워 나뭇잎으로 몸을 가렸습니다. 그런데 아내는 지금 완전히 발가벗겨져 모든 이의 시선을 사고 있는 것입니다.

아내는 그랬습니다. 항상 이론이 완벽하고 말발 센 남편에게 눌려 살았습니다. 옷이라도 살라치면 한두 달씩 재고 또 재다가 철이 지나서 다음해를 기약하기 일쑤였습니다. 생각해 보니 '먹고 입는 것 몇 푼이나 들겠나? 아끼지 마라' 해놓고, 간접적으로 사업 상태를 얘기함으로서 편히 쓰지 못하게 한 것 같습니다. 어디 그뿐인가? 사업한다는 자가 물정을 너무 몰라 아내에게 20만원을 건네주고는, "나는 장사치니까 아무 옷이나 입어도 되지만 당신은 제일 좋은 옷으로 사 입어. 당신이 초라하게 입고 다니면 동료 교사들이 어떻게 생각하겠어. 남편이 사업한답시고 당신 월급까지 다 까먹는 줄 알 거 아니야"라고 하며 인심도 썼습니다. 아내는 그 돈을 가지고 철지난 세일 옷을 찾아다녀야 했습니다. 왠지 아내에게 마음의 여유를 주지 못했던 것 같습니다.

꼭 막힌 남편 때문에 숨도 제대로 쉴 수 없었던 아내가, 일년에 겨우 한두 번 입을까말까한 한복을 저울질이라도 할 수 있었을까?

가난한 아내로다. 무심한 남편이로다. 얼마 남지 않은 올 추

43

석에는 무작정 아내를 끌고 중앙시장으로 나가렵니다. 그녀와 함께 젓갈 냄새도 맡고 만두도 사 먹으며, 부침개 굽는 아줌마와 너스레떨다가 그 날의 메인 이벤트로 한복집에 끌고 가렵니다. 몸의 치수를 재느라 이리저리 빙글빙글 돌며 팔을 올리고 내리는 아내 얼굴의 홍조를 보고 싶습니다.

장미 없던 시절의 결혼

신은 위대하고 위대하십니다. 시간과 공간을 포함한 모든 만물들을 아름답고 조화롭게 만드신 것만 보더라도 그렇습니다. 어디 그뿐인가요? 그들에게 제각기 역할을 맡기셨으니, 눈에 보이는 형상들이 우주의 법칙을 향해 제 갈 길을 가고 있으며, 보이지 아니하는 것들도 그들의 의지를 인간들에게 비추고 있습니다.

시간이 흘러 낮과 밤을 만들고 사계절을 이룰 때에, 그 사이클 또한 인간이 살기에 가장 적합한 형태로 반복되고 있습니다. 그러면서 이 세상은 어디론가 끊임없이 흐르고 또 흘러가는 것을 느낍니다.

이 거대한 시간의 흐름 속에서 황하의 도도한 줄기같이 역사를 이끄는 인생들이 있고, 그들을 허겁지겁 따라가느라 이리저리 부딪히며 찰랑대는 냇물과 같은 인생들이 있으며, 단지 돌 틈에 끼어 돌며 나지막한 삶의 소리를 내는 작고 아름다운 인생들이 있습니다.

골짝골짜기마다 널뛰기도 하다 앉기도 하는 이 작고 아름다운 우리네들은 강과 바다를 그리워하지 아니합니다. 다만 살아

45

있다는 소리를 내고 싶고 그 소리를 듣고 싶을 따름입니다. 그래서 어느 누구를 만나도 빛줄기에 반사되는 삶의 반영이 가슴을 찌르고, 토닥거리며 앉아 삶의 소리를 주고받는 것입니다.

이제 우리네들은 그 재미를 알고 오래 누리고 싶어합니다. 인생은 머나먼 바다로 흘러가는 것이 아니라 멈추지 아니하는 삶의 소리, 그 자체라는 것을 깨달았으므로.

나 어릴 적에는 자연의 소리가 들려왔습니다.

농부들이 씨를 뿌리고 거두는 소리, 우물가 아낙네들의 집안 방귀 뀌는 소리, 사랑방에서 들려오는 읍내 돌아가는 애기……. 꾸밈이 없으면서도 삶이 조화롭게 진행되는 소리들입니다. 아름다운 시절이었습니다.

요즘은 더 많은 소리들이 들려옵니다. 서울의 그 많은 사람만큼이나 다양한 일들이 메아리쳐 옵니다. 아마 그들이 그 지옥 같은 곳을 떠나지 못하는 이유도, 그 잡다한 소리를 더 이상 듣지 못할까봐서이거나 그 자신이 더 이상 소리의 주인공이 될 수 없음에서일 것입니다.

그런데 언제부턴가 그네들이나 우리네들에게서 더 이상 삶이 진행되는 소리가 들리지 아니합니다. 단지 삶을 꾸미기 위한 소리만이 들려올 뿐입니다.

길을 걷다 보니 조그만 화원에 '장미 100송이 30,000원'이라는 글귀가 들어왔습니다. '전에는 약국 자리였는데……'라는 생각을 하며 지나치려다가 글귀의 의미가 잘 들어오지 않아 잠시 멈추어 섰습니다. '값이 싸다'는 뜻을 나타내는 것은 알겠는데, '왜 하필 100송이일까?' 하는 의문은 풀리지 않았습니다. 아니 삶을 꾸미지 못하는 사람은 결코 알 수 없는 것이었습니다. 그런데 천만다행인 것은 내 주위에 삶을 잘 꾸미는 사람이 많다는 것이었습니다.

조 집사님 댁에서 구역예배를 인도하고 나서 간식을 먹을 때에 벽에 걸린 장미 다발이 들어왔습니다. 받은 때로부터 날들이 꽤 지나서였는지 약간 붉은색에 검은색이 가미되어 있었습니다. 금방 나온 장미의 화려함보다는 중후함이 멋있어 보이는 다발이었습니다.

"저거 무슨 꽃다발이에요?"

"아, 장미요. 결혼기념일에 남편으로부터 받은 거예요."

"아, 예. 꽤 큰 다발이네요?"

"100송이예요. 그렇게 말씀하시는 것 보니까 잘 모르시나봐요. 지금은 특별한 날에 저렇게 장미 100송이를 선물하는 사람들이 많아요."

이제야 화원에서 '장미 100송이 30,000원'이라고 써 붙인 이유를 알 것 같았습니다. 상인들이 먼저 유도를 했는지 아니면 삶을 잘 꾸미는 남자들이 먼저 100송이씩 사갔는지는 모르지만, 장미 100송이가 특별한 날의 특별한 의미를 부여하는 상품이 된 지 꽤 오랜 모양입니다. "나, 당신한테 꽃다발 한 번 받아보았으면 좋겠어요"라고 한 아내의 푸념 소리가 다시 들리는 것 같습니다.

그래요. 나는 꽃을 꽃답게 여긴 적이 한 번도 없었습니다. 아름답고 향기가 난다는 것은 알겠는데, 돈주고 살만큼 가치 있는 것이라고는 한 번도 여기지 아니했습니다. 학창 시절, 먼 길을 걸어다니는 여중생들이 등굣길에 산과 들의 자생꽃들을 가져다가 교실을 가득히 수놓았을 때도, 교실에 들어서는 여 선생님이 함박웃음을 터트릴 때도, 맨 앞자리의 나는 그저 "꽤들 난리네" 하고 중얼거렸을 뿐입니다. 꽃을 감탄사로 맞이하여 교양인처럼 보이려고 쇼(?)하는 여자들로 보였기 때문입니다.

근래에 초등학생들을 보면 더욱 가관입니다. 스승의 날이니 어버이날이니 해도 생필품을 사는 아이들은 거의 없습니다. 전부 꽃을 사들고 돌아다니는데, '선생님들은 그 많은 꽃들을 어떻게 할까?' 자못 궁금하기도 합니다.

남편으로부터 선물받은 100송이의 장미……. 그 얼마 전의 일을 생각하며 지금도 화사한 얼굴이 되는 조 집사, 그리고 저마다 조 집사 안 부럽다며 이 꽃 저 꽃, 결혼기념일, 생일, 남편, 자식얘기를 꺼내는 구역식구들 앞에서 나는 아무 말도 할 수 없었습니다. 참고 또 참다가,

"내가 결혼할 때는 장미가 없었어요"라고 내질러버렸습니다. 모두들 웃음보가 터졌습니다. 누군가 배를 움켜쥐고 한마디합니다.

"아니, 태초부터 있던 장미가 왜 하필 그때만 없었을까?"

그래요, 내가 결혼할 때는 장미가 없었어요. 그래서 선물할 수 없었습니다. 아니 지금 나의 결혼기념일에도 장미는 없습니다. 삶을 꾸밀 줄 모르기 때문입니다. 그냥 열심히 살 때 그 삶이 진행되는 소리만 듣고 싶고, 그 소리가 아름답게 느껴질 뿐입니다. 삶을 아름답게 하기 위하여 꽃을 사들고, 생일파티에, 결혼기념일에, 무슨무슨 Day에 하는 것보다…….

산 정상에 올라 먼 하늘 구름을 쳐다보는 소리.

테니스를 치고 난 후 샤워할 때 몸이 기뻐하는 소리.

결코 안될 것 같은 사람에게 보험 한 건 올린 소리.

아직은 그런 소리들이 듣고 싶고 나누고 싶습니다. 작고 아름다운 삶이 진행되는 소리를.

내밀한 사랑

커피잔의 여인

우리나라 커피의 역사는 짧으나 그가 차지한 자리는 넓습니다. 기성세대가 잘 살아보겠다고 허리띠를 움켜잡고 일할 때, 한쪽에서는 젊은 세대들이 통기타와 청바지에 커피를 즐기던 시절이 있어서 다소 부정적인 이미지도 있는 것 같습니다.

부유하지 못한 가정, 고지식한 부모, 총력 안보와 수출의 구호가 난무하던 시절에 잘 순응했던 나에게는 커피가 자리잡을 공간이 없었습니다.

대학의 낭만도 커피를 가까이하게 하지는 못했습니다. 익숙하지 못한 이에게 그냥 씁쓰레한 맛과 분위기의 추억만을 남겼을 뿐입니다. 직장인이 된 후 하루 일고여덟 잔씩 눈치보고 마셔야 했던 커피는 고역 그 자체였습니다.

그런데 그렇게 멀게만 느껴졌던 커피가 언제부턴가 내 곁에 사뿐히 앉아있음을 느낍니다. 아마 배에 기름기가 끼기 시작한 때부터인 것 같습니다. 아내와 진정한 사랑의 맛을 누리기 시작하고, 사회에서 열화와 같은 성취욕을 보이다가 아차 싶어 가정의 단란함을 꾸리기 시작한 때부터인 것 같습니다. 사회에서의 무능력 때문인지 인생을 먼저 느껴서인지, 남들보다 10년

쯤 먼저 가정으로 들어온 것이 그나마 일찍(?) 커피 맛을 알게 된 요인일 것입니다.

　뜨거운 커피를 마시면 온몸에 스며들어가는 소리가 들립니다. 목구멍과 장을 통하지 아니하고 마치 뜨거운 물에 떨어진 믹스커피가 스르르 녹아 들어가듯이 아래로 살을 헤치며 빠르게 진행하는 것을 느낍니다. 입술에서는 향을 느끼게 하며 온몸의 기운을 소성케 합니다.
　커피에는 무드가 있습니다. 여유로움이 있습니다. 차들이 질주하는 대로변의 커피숍이라 할지라도 그곳은 세상 한가운데 떠있는 호수와 같은 곳입니다.
　커피의 맛은 아름다운 잔의 감촉에서 시작됩니다. 시각에 따뜻한 감촉이 들어오는 잔이라야 커피의 향을 간직하고 발산할 수 있습니다. 아내의 실수로 한 방울의 물이 묻어있는 잔의 커피를 마실 때면, "내가 배부르기 위해서 커피를 마시는 줄 알아?"라고 투정부리고 싶습니다. 커피잔의 첫째가는 조건은 바짝 마르고 따스함이 있어야 하는 것입니다.

　아내는 진한 향을 담은 커피잔의 여인입니다. 그녀가 집안 어디에 머무르든지 따스함이 배어납니다. 그녀가 직장에서 돌아와야 비로소 어수선한 집안이 마무리되는 것 같습니다.
　그녀가 타 온 한 잔의 커피…… 깔고 앉은 소파만큼이나 풍

내밀한 사랑

요롭습니다. 그래서 지나간 하루가 다 즐거운 것입니다. 가끔 그녀를 생각해서 한 마디 할 때가 있습니다. 묵직하게 유행가 가사를 섞어 넣어서 "당신과 나 사이에 커피 한 잔이 없어서야 되겠소?"라고 말입니다.

나의 이 한 마디에 아내는 겸연쩍어하면서도 급하게 커피 한 잔을 더 타서 쪼르르 달려와 옆에 앉습니다. 얼마나 좋아서 그랬을까마는, 커피와 잘 어울리지 않는 모습입니다. 그러나 이런저런 얘기가 시작되고 그녀의 어깨에 손이라도 걸쳐주면 제법 그럴싸한 풍경이 됩니다.

남편은 아내의 어떤 모습을 보고 싶어할까? 전에는 욕탕에서 샤워를 한 후 타월을 감고 나오는 아내의 물기 머금은 몸과 샴푸향을 좋아했습니다. 그러나 언제부턴가 아내의 마음은 커피요, 그녀의 살갗은 커피잔이라는 생각이 들기 시작했습니다. 목욕 후 촉촉한 물방울이 배어 있는 그녀의 살갗은 커피잔에 묻어 있는 물방울처럼 그녀의 온전한 맛을 잃게함을 느꼈습니다.

그래서 샤워 후 한두 시간이 지난 아내의 모습을 좋아합니다. 몸의 물기는 완전히 마르고, 아직 땀이 나지 아니했지만 여성의 내분비가 서서히 몸에 배기 시작한 때를 말입니다. 따뜻한 잔에 한 방울 흐트러짐도 없이 부어진 커피처럼 고스란히 그녀의 체취만이 느껴질 때입니다.

삶은 갈래 사랑은 하모니

세상의 남성들이여.

사랑은 젊음의 용솟음이 아닙니다. 사랑은 중년의 남성이 어느 순간 가정을 돌아보고 아내에게서 커피 맛을 느끼는 것입니다.

내밀한 사랑

명절이 오면

자가용이 귀하던 시절이었습니다.

명절이 오면 소년은 부모님을 따라 할아버지 댁에 갑니다.
그런데 교통편이 좋지를 않습니다. 아버지는 차시간을 알아보
느라 부산하시고 어머니는 어떻게든지 짐을 줄이느라 고심하
십니다.

우선 시외버스로 읍내까지 갔습니다. 그리고 거기서부터는
하루에 두 번밖에 안 다니는 완행버스를 타고 가야 합니다.
할아버지 할머니는 전기가 들어간 지도 얼마 안 되는 시골에
사시거든요.

30분을 기다렸다가 완행버스를 탔습니다. 나와 동생들은 즐
거워하는데 아버지와 어머니는 힘이 드시는 것 같습니다. 버
스에서 내려 언덕 너머의 할아버지 댁으로 걸어갔습니다. 마
당과 부엌에서 이 일 저 일 하시며 끊임없이 내다보시던 할아
버지 할머니께서 달려오셨습니다.

나와 동생들에게는 "아이쿠, 너희들 오는구나. 그래, 공부들
잘했니? 어머니 말씀 잘 들었니?"라고 말씀하십니다.

그리고 이어 아버지 어머니에게도 한 말씀하십니다.

“왜 택시를 타고 오지 그랬냐?”
“버스타도 되는데 왜 비싼 요금주고 택시를 타요?”
“그래도 다들 택시만 타고 들어오더라.”

동네에 택시가 들어오면 동네 어른들이 다 내다보시는 모양
입니다. 그리고 “개똥이 왔네. 쇠똥이 왔네” 하신답니다.
그런데 꼭 버스를 타고 오시는 아버지 땜에 할아버지의 마
음이 영 서운하신 것 같습니다. 동네 사람들은 택시를 타고
들어오는 사람이 더 출세를 했다고 믿는가 봐요.

소년의 막냇삼촌이 결혼을 했습니다.
세상도 많이 변했고 버스도 자주 다닙니다. 그런데 작은아
버지와 어머니는 참 이상도 하시지요? 맞벌이를 해서 돈도 잘
버신다는데, 아예 십리 길을 택시는커녕 버스도 안 타고 다닌
답니다. 어머니가 생각해도 이상하신지 작은아버지에게 물었
습니다.
“왜 힘들게 걸어오지?”
“힘들긴 뭐가 힘들어요. 데이트하는 셈치고 이 얘기 저 얘
기하며 오는데.”
어머니는 그제야 정신이 번쩍 드신 모양입니다.
“아! 우리는 왜 그런 생각을 못했을까?”
완행버스 안에서 짐짝처럼 이리저리 쏠리며 시댁에 다니던

내밀한 사랑

일이 너무 화가 났습니다. 십리 길도 힘들게 여기면 고생이요 좋게 생각하면 낭만인 것을.

어머니! 흘러간 세월은 되돌릴 수 없답니다.

습관적 터치는 사랑을 이루지 못한다

아내는 나보고 무뚝뚝하다고 말합니다. 내가 생각해도 정말 그런 것 같습니다. 아니 한국의 남성들은-젊은 세대는 좀 틀리겠지만-대개 무뚝뚝하다는 표현이 어울릴 것입니다. 신혼이 달콤하고 꿈 같다고 말들 하지만, 그마저도 성격상 전혀 그렇게 보내지 못하는 경우가 많습니다.

나에게도 신혼이 좋기는 좋았지만 꿈이니 꿀이니 하는 표현은 과한 것 같습니다. 아마 항상 목표달성에 쫓기던 영업사원 시절이라 스트레스가 많았기 때문이던가, 아니면 숫총각의 지나친 기대(?)로 인한 실망 때문이었던가, 한국 남성 특유의 즐길 줄 모르는 성격 때문이었을 것입니다.

직장에서 돌아오면 아내의 성의를 다한 인사(?)에도 불구하고 옷과 양말을 대충 아무데나 벗어 던지기 일쑤였습니다. 배가 고프면 "밥-" 하고 한 음절만 읊으면 되었고, 커피가 마시고 싶으면 "커피-" 하고 두 음절만 낮게 깔면 그만이었습니다.

이는 평소 무뚝뚝한 성격에다 속은 것에 대한 분노(?)가 더해진 결과라 여겨집니다. 물론 아내에게 속았다기보다는 신혼의 환상에 대하여 속은 것이랍니다.

57

아내는 그것도 모르고 자신이 부족한 탓이라 여기며 내 비위 맞추느라 꽤나 노력했습니다. 물론 시간이 흐르면서 차츰차츰 포기하는 눈치가 보였습니다. 그런데 한 7, 8년 정도 지나자, 이제는 아예 간덩이가 부었는지 투정도 부리고 대들기도 하였습니다.

그러나 평소 할아버지로부터 "남자는 부엌에 절대 들어가서는 안 된다"라는 식의 특명을 받고 자란 나는 아내의 반란을 용납하지 않고 간단히 제압하곤 했습니다.

아내는 친정으로 가서 시위를 벌이기도 하고, 농담 반 진담 반으로 헤어지고 싶다는 말도 하고, 다시 태어난다면 결혼 안 하고 혼자 살 것이라고도 했습니다.

그렇지만 나는 그런 것에는 조금도 아랑곳하지 않았습니다. 물론 그것은 지금의 방식을 계속해서 밀어붙인다는 의미는 아니었습니다. 아내가 아무리 닦달을 해도 근심하지는 않지만, 나는 내 방식대로 내 아내를 사랑하면 그만이라는 의미였습니다.

사랑은 마음의 중심이 중요하고, 말 한 마디 한 마디 행동 하나하나의 의미가 중요합니다. 마음이 담긴 말과 행동이 없으면, 시대적 환경의 영향을 받아 일삼아 재잘거리거나 스킨십을 나눈다해도 사랑이라 할 수 없습니다.

그런데 한국의 아내들은 외국 영화에 나오는 코 큰 남자들의 다정다감한 행동을 보고 몹시 부러워합니다. 서구의 남성

삶은 갈래 사랑은 하모니

들이 무뚝뚝한 한국의 남성들 때문에 반사적 이익을 얻고 있는 것입니다.

한국 남성들에 비해서 서구의 남성들이 아내에게 잘해주는 줄은 세상이 다 아는 일입니다. 그들은 시도 때도 없이 사랑한다고 외치고 키스를 퍼붓곤 합니다. 그런데 왜 그들은 이혼을 밥먹듯 하는 것일까요? 사랑을 느낄 때만 사랑하고 권태감을 느끼거나 다른 사랑의 대상이 찾아오면 그 대상을 쉽게 바꾸는 이유는 무엇일까요? 그것은 서구인 부부가 한국인 부부보다 사랑의 강도가 결코 크지 않다는 것을 단적으로 증명하는 것 아닐까요? 서로를 위한 사랑이기보다는 그저 자기 자신을 위한 사랑 아닌가요?

물론 이혼 안 하는 한국인 부부가 꼭 끈끈한 사랑이 있어서라는 의미는 아닙니다. 주위를 돌아보면 여러 가지 여건상 마지못해 사는 경우도 허다합니다. 그렇지만 한국 남성들에게 이런 점은 있습니다. 비록 표현은 잘 못하지만, 어떠한 어려움이 있더라도 일생동안 한 여성과 자식 낳고 행복하게 살아야겠다는 마음 말입니다. 그런 마음을 갖고 있다는 자체가 넓고도 큰사랑입니다.

언제부턴가 우리나라의 젊은 세대들에게도 서구의 젊은이들처럼 여자를 퍼스트로 대하는 미풍이 불고 있습니다. 아니 이제는 나이와 관계 없이 아내에게 사랑한다는 말을 습관적으로 외치고 토닥거려주는 일이 일상화되었습니다. 그런데 아이러

내밀한 사랑

니컬하게도 이혼율은 폭발적으로 증가하고 있습니다. 그것은 마음이 담긴 말과 행동의 기초적인 사랑이 부족하고 이기적인 사랑이 앞서기 때문입니다. 시대의 흐름을 따라 보고 배운 대로 행하는 습관적인 말 타령과 터치는 사랑을 이루지 못하는 법입니다.

어느 부부는 결혼생활이 10년 정도 지나면서부터 점차 부부의 맛, 가정의 맛이 강하게 다가왔다고 합니다. 그리고 그 이유를 '비록 많이 행하지는 못했지만 마음이 담긴 말과 행동이 있었기 때문이었다'라고 고백합니다. 서로가 서로에게 기초적인 사랑이 존재함을 믿었기 때문이었습니다. 이제 그 부부는 점차 많이 행해지는 사랑의 밀어와 터치에 자극당하고 있습니다. 아무리 많이 행해져도 습관적인 터치같이 보이지 아니하는 것은, 그들은 처음부터 보고 배운 대로 행하는 사랑이 아니라 마음이 담긴 사랑만을 해왔기 때문입니다. 그들은 나이가 들수록 기초적인 사랑 안에서 에로틱한 사랑이 열매 맺기 시작했습니다.

잠자리에서 아내를 안았습니다. 꼭 껴안아서 머리칼을 쓸어주기도 하고 입을 맞추기도 하며 도란도란 옛날 얘기를 들려주었습니다. 질펀한 삼류 소설의 대화를 모르는 바 아니지만, 다 치워 버리고 처음 만났을 때부터 지금까지의 일들을 새벽

삶은 갈래 사랑은 하모니

을 맞도록 얘기해 주었습니다.

단순히 나열하는데 그친 것이 아니라 그 동안 내가 느꼈던 감정을 말하며 이성적인 의미부여까지 곁들였습니다. 극장 안에서나 버스 안에서의 평범한 일까지 깊게 느끼고 고이고이 간직했던 것을 은밀히 엮어내는 나에게, 아내는 그 긴긴 밤을 지루해 하지 않았습니다. 그 무뚝뚝하던 남성이 어떻게 그런 것까지 기억하고 있는지, 어떻게 평범한 그런 일에도 감성과 추억을 가질 수 있는지 도대체 모를 일이었습니다.

아내는 알았습니다.

자신의 남편이 얼마나 따뜻하고 다정다감한 남자인지를……. 남편이 자신에게 했던 말과 행동이 결코 습관적이 아니고 의미 있는 터치였음을 알았습니다.

그리고 자신의 남편이 얼마나 에로틱한 남성인지를 알았습니다. 에로는 옷을 벗는데 있지 않았습니다. 부부 간의 모든 일에 사랑이 담겨있는 터치를 하였을 때 에로틱하다는 사실을 알았습니다. 지난밤에 들려준 남편의 말에 자신이 얼마나 흐느끼고 귓불이 빨개지며 전신이 짜릿했는지 모릅니다. 남편의 에로틱한 터치를 자신이 이제야 깨달았던 것입니다.

결혼한 지 15년이 흘렀습니다.

중년부부의 사랑에 가속이 붙었습니다. 처녀총각의 사랑이 결혼이라는 정점에서 가속이 멈추는 것에 비해, 나의 아내에 대한 사랑은 브레이크가 고장난 사랑이었습니다.

61

사랑하는 아내가 직장에서 마음껏 일할 수 있도록 외조를
하기 시작했습니다. 우리 속담에 여자를 밖으로 내둘러서 안
된다는 말도 있지만, 그것은 상호간에 기초적인 사랑이 부족
할 때나 쓰는 말이라고 여겼습니다. 그보다는 아내가 하는 일
을 최대한 존중해 주고 밖으로 내보낼 때, 오히려 아내의 마
음은 가정으로 돌아온다는 사실에 믿음을 가졌습니다.

상점 문을 조금 일찍 닫고 들어가 막내와 함께 청소며 빨래
며 설거지를 하기 시작했습니다. 감자도 깎아 놓고 파도 썰어
냉장고에 넣어두었습니다. 밤늦게 퇴근하는 아내가 마치 공원
에 들어온 것 같은 안식의 느낌을 받도록 힘썼습니다.

잘 얘기해서 대학원도 다니게 했습니다. 아내가 직장 생활
잘하려면 공부를 좀더 해야 되겠다는 생각에서였습니다. 많은
남성들이 아내를 사랑한다고 하면서도 아직은 아내의 직장에
무관심한 것이 사실입니다. 나 자신도 그 동안 '너도 배운 것
이 있으니까, 그 범위 안에서 직업도 갖고 생활자금도 벌어라'
하는 개념에서 벗어나지 못한 것이 부끄러웠습니다.

그러나 지금은 다릅니다. 아내가 꿈을 꺾지 않는 이상, 아니
젊은 시절 아내의 꿈을 되찾아주기 위해 노력하고 있습니다. 그
것이 진정 아내와 나와 아이들을 사랑하는 길이라 생각됩니다.

습관적 터치는 사랑을 이루지 못합니다. 아니 그것은 사랑
이 아니고 인문환경에 길들여진 생활방식에 불과합니다. 그러

삶은 갈래 사랑은 하모니

기에 나는 의도적으로 아내를 터치합니다. 어깨를 한두 번 두드려 주는 것도 볼을 어루만져 주는 것도, 아내의 표정을 보아가며 그녀의 느낌을 전달받습니다. 그렇게 만들어진 일상생활은 하나하나의 추억으로 오래오래 가슴 속에 쌓이고 또 쌓여집니다. 그리고 실타래를 풀듯 잡아당기면, 밤이 새도록 아니 지나온 시간만큼이나 긴긴 세월을 아내에 대한 노래로 채울 수 있을 것 같습니다.

내밀한 사랑

부부라는 것, 가족이라는 것

2002년 8월 18일.

순종식 씨 일가족을 포함한 21명이 배를 타고 서해안을 통하여 월남했습니다. 분단 이후 가장 큰 규모였습니다. 그들은 자유가 그리웠을 것입니다. 그러나 무엇보다도 배가 고파서 빵을 찾아왔다는 표현이 가장 적절할 것입니다.

그런데 뜻하지 않은 일이 벌어졌습니다. 그들이 배를 타고 넘어올 때, 당직 근무를 서던 기관장 리경성 씨를 "밤바다 구경가자"고 유인하여 강제로 데려왔기 때문입니다. 순종식 씨 일가족이 월남하기 위해서는 어쩔 수 없는 선택이었습니다.

그러나 리경성 씨는 자유와 빵보다는 가족을 선택했습니다. 남한에 있는 며칠 동안 자유세계의 풍성함을 실감했지만, 결국 판문점을 통하여 북으로 돌아간 것입니다. 물론 그는 많은 생각을 했을 것입니다. 북에는 그리운 가족이 있는 반면에 굶주림이 있었기 때문입니다. 매년 수백만 명이 기아로 허덕이는 현실에, 앞으로 자신과 가족이 포함되지 않으리라는 보장이 없었기 때문입니다.

북조선에 비하여 남한은 먹고사는 것이 넉넉했고, 자유와

삶은 갈래 사랑은 하모니

인권이 보장되고 있었습니다. 그 자신이 혼잣말처럼 "가족이 함께 왔더라면 좋았을 것을……"이라고 중얼거리던 것을 보더라도 알 수 있습니다. 그러나 리경성 씨는 부모와 아내와 자식이 있는 북조선으로 돌아갔습니다. 이 사건을 보며 나는 생각했습니다.

"아! 가족이라는 것은 무엇과도 바꿀 수 없는 소중한 것이로구나!"라고 말입니다.

어떠한 이념이나 사상보다도, 자유나 빵보다도 가족이 우선시됨을 느꼈습니다. 아니 종교, 곧 신앙의 이름으로도 이미 맺어진 가족을 파괴할 수 없다는 사실을 알았습니다.

냉전이 지구상을 휩쓸던 때, 우리의 임수경 양이 평양통일대축전에 참석하기 위해 밀입북을 했던 적이 있습니다. 그녀가 진정 통일을 앞당기기 위해서 갔는지, 아니면 북의 속임수에 말려들었는지는 알 수 없지만, 그녀는 판문점을 통하여 돌아오는 즉시 구속되어 감옥생활을 했습니다. 급진개혁 좌익론자와 많은 민주 인사들은 그녀의 처벌을 원하지 않았지만, 법을 위반한 것이 엄연한 사실이고 또한 시각에 따라서 이적행위로밖에 볼 수 없기 때문에 처벌은 불가피한 것이었습니다.

이와 같이 임수경 양은 영어의 몸이 되었고, 그녀를 지지하는 많은 인사들이 감옥으로 면회를 갔습니다. 그러나 임수경 양은 훗날 이렇게 고백했습니다.

"그래도 지금까지 나를 돌봐준 사람은 부모님을 비롯한 가

내밀한 사랑

족입니다……. 나를 북에 보내고, 나와 함께 민주화 투쟁을 한 많은 동지들과 선배들은 이제 연락조차 잘 안 됩니다"라고.

가족은 하나님이 인간에게 마련해준 최소 최고의 집합체라는 사실을 느낍니다. 하나님은 인간이 가족이라는 집합체를 통하여 살기 원하시고, 그것이 파괴되기를 절대 원치 아니하십니다.

이런 측면에서 볼 때, 종교라는 이름으로 이혼한다는 것은 어불성설이라는 생각을 해 봅니다. 성경에도 신앙이라는 이름으로 이혼하라는 말은 없습니다. 예수께서도 간음한 연고 외에는 아내를 버리지 말 것을 교훈하고 계십니다. 물론 아내가 간음하면 적극적으로 이혼하라는 뜻도 아닙니다. 예수님은 오히려 수백 번이라도 용서할 것을 교훈하십니다. 성경은 하나님이 우리를 사랑한 것 같이 우리도 남을 사랑하라고 가르치시는데, 우리 모두는 간음한 것보다 훨씬 큰 죄를 지은 자라는 사실을 감안하면 간음한 아내도 용서해야 하는 것입니다. 다만 육신에 매인 우리들이기에 도저히 용서가 안 되는 경우 이혼을 허락하고 계십니다.

순종식 씨 일가족이 자유와 빵을 찾아 월남했습니다. 위험을 무릅쓰고 일가족이 함께 왔다는 것은 가족의 소중함을 가르쳐 주는 것이라 여겨집니다. 그러나 당원인 며느리 두 명에게는 비밀에 부치고 넘어온 것을 생각할 때, 마음이 아파옵니다. 기관장 리경성 씨를 유인했듯이, '며느리를 유인하여 넘어왔다면 얼마나 좋았을까?' 하는 생각을 해 봅니다.

하나님을 빌미로 한 사랑

대부분의 사람들에게는 아름다운 과거가 있습니다. 그들은 애써 그 사실을 숨기기도 하고 혼자 음미하기도 하지만, 나이가 사십을 넘어 육체적 아름다움이 서서히 사라져 갈 즈음에는 은근슬쩍 드러내 놓기를 좋아합니다.

'나도 한 때는……'이라고 스스로 자위하며, 지금의 초라함을 탈출하는 즐거움을 누리는 것입니다.

숨겨진 아름다운 과거가 있는 사람은 행복한 사람입니다. 신앙인들이나 지극히 도덕적인 자들은 '이 무슨 궤변인가?' 하겠지만 세속적인 맥락에서 보면 그렇다는 말입니다. 물론 숨겨진 과거가 다 아름답다고 말할 수는 없습니다. 다정다감하지 못하고 진실성 없는 과거는 아름다운 추억이 아니라 한낱 바람둥이 인생에 불과하기 때문입니다.

남자의 정신연령은 보통 여자보다 늦다고 말합니다. 그들이 대학 첫 미팅에서 가슴을 두근거리며 여학생을 만났다면 그 자체가 아름다울 수 있습니다. 그러나 나이가 들어 군에 갔다와 복학하면 사정이 달라집니다. 능구렁이가 다 된 그들은 노련한 말과 행동으로 아직 단발머리 티가 채 가시지도 않은 어

내밀한 사랑

린 여학생들을 끼고 다닙니다. 단순히 무료함을 달래기 위한 심심풀이 땅콩 정도로 여기는 진실성 없는 만남입니다. 그런데 이러한 만남은 어느 선을 넘고 안 넘는 것을 떠나서 바람둥이의 삶이라 할 수 있습니다.

이런 측면에서 볼 때 아름다운 과거를 만드는 사람은 성격이 활달하고 이성을 잘 후리는 사람이 아닙니다. 남들에 대하여 자신이 없고 내성적인 사람, 작은 것도 깊이 생각하며 세세한 사람에게 추억이 따라오는 것입니다.

나는 지나치게 소심하고 내성적인 학생이었습니다. 교회를 다니고 군복무와 사회생활을 하면서 많이 변했지만, 지금도 상대방의 표정을 예민하게 찾아내어 나름대로 추론하는 것을 보면 소탈한 사람은 아닙니다. 이런 나에게 이성친구가 생기기는 쉽지 않았습니다. 미팅을 나가도, 상대 여학생이 내가 샌님(?)인 줄 금방 알아차리고 이내 헤어질 구실을 찾고는 했습니다. 내 생각에도 연애결혼은 힘들 것 같았습니다.

그런 나에게 자신감을 준 것은 교회였습니다. 그렇다고 연애를 위해서 교회에 나갔다는 뜻은 아닙니다. 친구의 권유로 교회에 첫발을 들였을 때, 그들은 내가 소심하면 소심할수록 어울리지 못하면 어울리지 못할수록 관심을 갖고 잘 이끌어줬습니다. 하나님의 사랑을 깨닫고 실천하는 자들이었습니다.

교회는 나를 변화시켰습니다. 사랑을 받는 자에서 주는 자가 되었습니다. 적어도 교회 안에서만큼은 '오직 하나님을 위

68

해서'라는 의식이 사라지지 않았습니다. 그런데 그와는 별도로 이성 간의 사랑을 느끼게 되었습니다. 그것은 매우 곤란한 문제였습니다. 교회 안에서 이성 간의 사랑이 금기시되는 것은 아니었지만, 뭔가 교회생활에 방해가 될 것처럼 느껴졌습니다. 그래서 이성 간의 사랑은 아니하기로 작정했습니다. 적어도 대학을 졸업할 때까지는 말입니다. 지금 생각해도 너무 순수했던 것 같습니다.

그런데 세상일은 그리 간단한 것이 아닙니다. 진실로 내가 좋아하는 사람이 눈에 들어온 것입니다. 때로는 꿈으로 때로는 현실로 나타났다 사라지는 그녀로 인해서 사랑의 몸부림을 치는 날이 많아져만 갔습니다. 짝사랑이었습니다.

나보다 일 년 아래인 영주, 그녀는 신앙심이 깊었습니다. 그녀의 말 한 마디 한 마디에 속된 구석이라곤 없었습니다. 생활이 순수하고 평범하면서도 성악을 전공함으로 인해서 화려함도 따라 다녔습니다. 누구나 쉽게 접할 수 있는 스타라고나 할까? 목요 대학부예배와 주일이면 언제나 접할 수 있었지만, 사랑을 고백하지는 못했습니다. 교회 대학부 안에서 이러쿵저러쿵 말이 나면 하나님 영광을 가리우는 것이라 생각했기 때문이었습니다. 고백은 대학 졸업 이후로 미룰 수밖에 없었습니다.

그런데 상황이 여의치 않았습니다. 그녀를 좋아하는 사람이 나 하나일 수는 없기 때문입니다. 그들은 어떻게 해서든지 그녀와 가까워지려고 하는 것 같았습니다. 나와는 달리 적극적

내밀한 사랑

으로 나서는 그들에게 그녀의 마음이 넘어갈까 두려웠습니다. 그러나 한편으로는 그녀 자신도 나를 좋아해서 졸업 후를 기약하고 있을지도 모른다는 막연한 생각을 하기도 했습니다.

사람은 눈에 보이지 아니하는 소망이 눈에 보이는 현실에 덮여 버릴 때가 많이 있습니다. 노골적으로 영주와 가까워지려고 노력하는 형철이의 행동이 눈에 들어왔을 때, 나는 하나님을 팔았습니다. 그의 자취방으로 찾아가서,

"형철아, 네 말 좀 들으려고 왔다. 너 영주 좋아하지? 어찌 됐든 개인적으로는 내가 상관할 바 아니지만, 대학부 회장으로서 좀 알아야겠다. 너도 알다시피 이런 일이 남의 입에 오르내리면 대학부 발전에 지장을 초래할 수 있거든."

교회를 들먹이며 진지한 표정으로 말을 하는 나에게 순진한 그는 사실대로 얘기해 줬습니다.

"사실대로 말해 줘서 고맙다. 그러나 소문나지 않도록 조심해라. 사실 말이지 네가 영주를 좋아한다는 소문이 나면 많은 여학생들이 실망할지도 몰라. 나도 네 일이 잘 되도록 기도할게. 너도 좀더 기도하며 접근해 봐라."

그러나 이런 말과는 달리 나의 속은 이미 부글부글 끓고 있었습니다. 형철이의 속마음을 확인한 이상 어떤 특단의 대책이 필요했지만 방도가 없었습니다.

어느 날 교회에서 그녀의 동기생들이 설악산 등반을 떠난다고 했습니다. 나는 불안할 수밖에 없었습니다. 그녀를 좋아하

삶은 갈래 사랑은 하모니

는 형철이가 이 모임을 기회로 그녀와 꽤나 가까워질 수 있었기 때문입니다. 아니 어쩌면 그런 목적을 위해서 그가 제의한 발상일 수도 있겠다는 불온한 생각이 스쳤습니다. 나도 같이 가면 안심이 되련만 동기생이 아니기에 등반에 낄 자격도 없었습니다.

나는 거기서 또 하나님을 팔았습니다. 대학부 회장으로서 함께 가야겠다고. 그들의 속마음이야 어떨지 몰라도 "어린 우리들을 잘 보호해 주세요"라고 하며 아양들을 떨었습니다. 나의 속셈을 알아차린 형철이가 마땅치 않은 표정을 지었지만 애써 모른 체 했습니다. 그리고 돌아올 때까지 형철이와 영주가 가까워지지 않도록 노력에 노력을 다했습니다. 졸업할 때까지 그랬습니다.

지금 생각하면 참담한 일입니다. 크리스천이 자신의 목적을 위해 하나님의 이름을 팔다니……. 차라리 그리 아니하고 형철이처럼 적극적으로 대시하는 편이 백 번 나았을 것입니다. 하나님을 사랑한답시고 시작한 일이 하나님을 빌미로 내 속을 채우려 했던 이 일들로 말미암아 나는 두고두고 후회하고 있습니다. 그리고 짝사랑하며 가슴 졸이던 아름다운 과거를 스스럼없이 애기할 수 있는 나이도 됐지만 그리하지 못합니다. 아름다움을 애기하노라면 나의 비열함이 드러나기 때문입니다.

오늘날 정치나 경제의 대형사건이 터질 때마다 크리스천이 약방의 감초처럼 연루되어 있는 것을 접하고 있습니다. 그들 중

일부는 자신의 결백을 하나님 이름을 걸고 맹세하지만, 결국은 거짓임이 밝혀집니다. 하나님을 더욱 욕되게 하는 일입니다.

졸업 후에도 고백하지 못했습니다. 포기했다고나 할까? 그녀는 내가 범접하기에는 너무 아름답고 순수하며 화려한 여성이었습니다. 그런데 얼마 후 전방에서 소대장 생활을 하고 있을 때, 교회의 어른 한 분이 영주와 다리를 놓아주겠다며 사람을 보내왔습니다. 아마 내 마음을 눈치챈 모양이었습니다. 나는 "노"라고 얘기했습니다. 잠깐의 소대장 생활은 이미 나를 대의명분으로 인해서 실익을 포기할 수 있게 만들었기 때문입니다.

"조국과 민족을 위해 충성하는 지금 사사로이 결혼을 의논하고 싶지 않다. 또한 남자로서 먼저 내 의사를 말했다가 만에 하나 거절당하여 체면을 구기기도 싫다. 지뢰폭발사고가 빈번한 이 지역에서 제대할 동안 나의 안전을 책임질 수 없다. 3년 후배인 혜영이가 아무래도 나를 짝사랑하는 것처럼 보인다. 이런저런 이유로 제대할 때까지 아무 약속도 할 수 없다."

이런 명확한 답변에 그는 돌아갔습니다. 그리고 지금 영주가 숨겨진 아름다운 과거로 픽업된 것이 보여주듯, 그녀는 내 아내가 되지 못했습니다. 형철이의 아내도 되지 아니했습니다. 그녀의 남편은 수원의 어느 교회 목사님이라는 말만 들었습니다. 어울리는 배우자를 만난 것입니다.

삶은 갈래 사랑은 하모니

나는 행복합니다. 내 아내가 아닌 흠모의 대상이 있기 때문입니다. 너무 사랑하기 때문에 고백하지 못했음을 다행으로 여깁니다. 나는 졸업 후 한 번도 만나지 아니했습니다. 찾지도 아니하고 알 만한 이에게 묻지도 아니했습니다. 그냥 내게 남겨져 있는 기억들이 가장 좋은 것이기에 다른 모습들로 대체하기 싫어서였습니다. 지금 목사의 아내라기에 가장 소중한 자리에서 사랑을 주고받으려니 아련히 연상할 뿐입니다.

내밀한 사랑

신 맹모삼천지교

엄격한 아버지, 철학적인 남편

요즘 아이들 버릇없다는 얘기 많이 하지만, 우리네도 어렸을 때에 그런 말 많이 들으며 자랐습니다. 어쩌면 유사이래 계속 이어져 온 말인지도 모릅니다.

그래도 요즘 아이들은 정말 버릇이 없습니다. 아파트를 쾅쾅 울리며 뛰어다니고 소파에서 뜀틀체조하고, 눈에 갖고 싶은 것이 보이면 무조건 사 내라고 떼를 씁니다.

어느 중학교 체육 선생님이 교정에 떨어진 쓰레기를 주웠더니 "선생님, 여기도 있네요"라고 하며, 한 학생이 쓰레기를 가리키더라는 말이 우리를 슬프게 합니다.

60을 바라보는 어느 선생님이 복도에서 깔깔대는 여학생들이 너무 귀여워 어깨를 툭 치며 지나쳤다고 합니다. 그러자 학생이 눈을 치켜뜨며 "웬 이상한 아저씨 다 보겠네" 하는 표정을 짓더랍니다. 왜 성희롱하냐는 듯이 말입니다.

그 선생님은 너무나 어처구니없어 교무실에 들어와 "내가 너무 오래 했어, 너무 오래 했어"를 오랫동안 중얼거리다가, 또 몇 날을 고민하고 한숨지으며 후배 교사와 술 좀 푸다가 결국 사표를 냈다고 합니다. 다 감당할 수 있어도 제자에게

신 맹모삼천지교

모욕을 당한 것은 감당할 수 없었을 것입니다. 가뜩이나 컴퓨터니 뭐니 하는 것이 나와 젊은 교사들 따라가기 힘들고, 정년도 몇 년 단축되어 우울한 마당에 제자의 그 버릇없는 말 한 마디는 선생님을 완전히 절망의 나락으로 떨어뜨렸습니다. 참으로 희한한 일도 다 있다는 생각이 들지만, 누구나 이런 얘기 몇 개쯤은 꺼내놓을 수 있을 정도로 일반화되었습니다.

그런데 아이들을 그렇게 만든 사람은 바로 우리 아버지들입니다. 요즘의 우리들은 옛날의 우리네 부모들과는 자식 키우는 성품에 있어 많은 차이가 있습니다.

무조건 자녀를 용납하고 야단치지 아니하며, 상처주지 않으려고 애쓰고, 해 달라는 것은 다 해 주고 있습니다. 사회적 흐름을 지나치게 진리로 알아서 병이 되는 경우도 많습니다. 어느 학생이 아빠의 꾸중을 듣고 상처받아 자살했다는 뉴스를 접하면…… 그리고 교육을 전공하였다는 박사들이 꾸중하지 말고 선도하라는 식으로 TV 토론장을 달구기라도 한다면, 곧장 아이를 꾸중하는 교육은 잘못된 것이라고 생각합니다. 이런 세대의 분위기 속에서 아이들의 버릇없는 행동이 고쳐지기란 쉽지 않습니다.

인간에게는 종족보존 본능이 있다고 합니다. 처음에는 아니 그랬겠지만 문명이 발달하면서부터는 나 자신이 이루지 못한 것을 자식을 통해서 대신 보상받으려고 하는 심리도 커졌습니다. 그리고 이제는 겨우 자식 한둘을 낳고 사는 세대가 되어, 아무 것도 고려하지 않고 오직 내 자식의 행복만 위하는 시대가 되었습니다. 어쩌면 자연인으로서 당연한 일인지도 모릅니다.

그런데 자연인이 자연인으로서의 행복을 누리려면 사회인이 되어야 합니다. 수십 억의 인구가 더불어 살지 아니하면 누구도 자연인으로서의 정당한 삶을 살 수 없기 때문입니다. 그런데도 '나 하나쯤이야' 하는 생각을 한다면, 아무런 노력도 하지 아니하고 남이 이루어 놓은 행복한 세상에 기생하는 것이라고 할 수 있을 것입니다.

때로는 상처받으며 사는 것이 인생입니다. 더불어 살다보면 충분히 그럴 수 있습니다. 그리고 이와 같은 자극과 상처를 견디며 헤쳐나갈 때 인생의 행복은 더욱 크게 찾아오는 것입니다.

사실 요즘같이 사회복지가 잘 되어 있는 때에─아직 부족하다고 말하는 사람도 있을지 모르지만─자살할 만큼 견디기 힘든 일로 자살하는 경우는 많지 않습니다. 대부분 자극 속의 행복을 미리 경험하지 못한 이들이 큰 행복을 얻을 기회를 절망으로 착각하여 벌이는 일들입니다.

이 자극 속의 행복을 경험해 줄 수 있는 것이 바로 아버지의 사랑, 곧 엄격함입니다. 이런 측면에서 아버지의 사랑은 어

79

머니의 그것과는 차이가 있다고 말할 수 있습니다. 어머니의 사랑은 따뜻하고 응석을 받아줄 수 있으며 애틋하기 마련입니다. 그래서 아이들은 엄마에게 투정을 부릴 수 있고, 허락받지 못할 일까지도 허락해 달라고 떼를 쓰게 됩니다. 어머니 사랑의 성질을 알기 때문입니다.

그런데 요즘 아이들은 아버지에게서도 어머니의 사랑을 느끼는 것 같습니다. 조금 엄격한 엄마를 둔 아이들은 오히려 아버지에게 매달려 떼를 쓰게 되고, 이를 용납하는 아버지가 자상하다는 평을 듣는 시대가 되었습니다. 이쯤 되면 아이의 교육을 제대로 시킬 수 없습니다. 훈계를 해도 아버지에 대한 인식이 이미 어머니로 바뀌어 있는 이상 효과가 있을 수 없습니다. 아버지에 대한 인식을 새롭게 심어주려고 엄한 표정을 짓기도 하지만 때는 이미 늦은 것을 알 수 있습니다. 아이에게서 첫인상을 바꾸는 것은 매우 힘들기 때문입니다.

아버지는 자식이 매우 어렸을 때부터 아버지라는 인상을 심어줄 필요가 있습니다. 아니 아버지에게는 아버지 본연의 성품이 있으므로 그것을 잃지만 않으면 그만입니다.

이제 걸음마를 막 배운 아이가 집에서 기르는 개를 힘껏 툭툭 때리면 어떻게 되겠습니까? 개는 조금 아픔을 느끼기는 하겠지만 가소롭다는 듯이 눈만 찡긋거리며 참아내게 마련입니다. 집안의 안주인이 저리 비키라고 하며 소리를 지른다면 개는 눈치만 빼꼼 살필 것입니다. 아마 그 개를 일으켜 세우려면 부지깽이 정도는 들고 나서야 되지 않을까요? 애들과 여자는 짐승도 무서워하지 않는다는 속담처럼 말입니다. 반면에 바깥주인이 집에 돌아와 개의 머리를 쓰다듬어 보세요. 녀석은 좋아하면서도 경계의 눈초리를 접지 아니할 것입니다. 그러다가 남자가 자신의 머리를 긁으려고 손만 올려도 개는 자신을 때리는 줄 알고 후다닥 내튀게 됩니다. 남자에겐 남자의 성품이 있기 때문입니다.

아버지는 아버지의 성품을 잃으면 안 됩니다. 솔로몬도 사랑의 매를 대지 아니하는 자는 자식을 사랑하지 아니하는 자라고 교훈하고 있습니다.

여기 이런 측면에서만큼은 절대 성공한 아버지가 있습니다. 중학교 교사인 그는 아이가 걸음마하기 이전부터 사랑과 엄격함을 잃지 아니했다고 합니다. 아이를 안아줄 때도 넓은 가슴과 굵은 팔뚝으로 '꽈~악' 힘을 주어 껴안았다고 합니다. 그러면 아이는 넓은 사랑을 느끼면서도 어떤 강한 힘, 거부하기 힘든 벽, 엄격함을 체험하게 될 것이라는 믿음에서였습니다. 그리고 아이가 점점 자라나자 품위를 잃지 않으려고 애썼습니다. 옷을 하나 걸쳐도 말을 한 마디해도 좀더 멋지게 하였습니다. 아이가 우러러보는 인격과 품격이 있는 이상 아버지를 잘 따를 수밖에 없을 것이라는 믿음에서였습니다.

81

그리고 아이가 성년이 되면서부터는 좀더 인생을 볼 수 있는 철학적인 얘기를 한 마디씩 건네주곤 하였습니다. 힘과 덩치는 아버지를 따라잡았지만 아버지는 영원한 스승임을 깨닫게 하기 위해서였다고 합니다.

그 선생님은 아내도 잘 다루었습니다. 깨질까 애지중지하였다는 것이 아닙니다. 사랑의 밀어 한 마디 한 마디가 마음에서 우러나오는 단어요, 일상의 대화가 좀더 큰 틀 속에서 이루어졌음이요, 행동에 지혜와 지식이 묻어났기 때문입니다.

실상 혈기왕성한 남자치고 아내를 잘 다루는 사람은 별로 없습니다. 논리적인 대화에서 아내에게 뒤지기 때문입니다. 남자보다 좀 현실적인 여성에게 안팎의 시시콜콜한 일로 다투어 봤자 득이 될 것이 없습니다. 집안일을 대부분 맡기고 인생의 원칙적인 면을 철학적 주관으로 얘기해 주는 것이 가장 바람직합니다.

아내가 "여보! 애 숙제 좀 봐 줘요"라고 말할 때 "아, 지금 나 피곤한데"라고 대꾸하면 결과는 보나마나 입니다. 단번에 "아, 당신만 피곤해요?"라고 몰아세울 것입니다.

차라리 좀 엉뚱하다 싶게 "좀 틀리더라도 스스로 하게 내버려두지 그래. 틀려가며 지혜를 배우는 게 인생 아닌가"라고 철학적인 대화로 전환시키는 편이 낫습니다.

엄격한 아버지, 철학적인 남편! 좀더 공부하고 애쓴다면 아름다운 가정의 하모니가 이루어질 것입니다.

삶은 갈래 사랑은 하모니

신 맹모삼천지교

만딸 현정이가 벌써 고등학교에 들어갈 나이가 되었습니다. 뭐 하나 제대로 이루어 놓은 것 없지만 저만치 자란 나의 아이를 보며 중년의 인생을 달갑게 살아갑니다. 현정이는 자라면서 나에게 많은 것을 안겨 주었습니다. 키우는 재미는 막내딸이 쏠쏠하지만 드라마와 같은 감동은 처음 키우는 만딸에게서 나오는가 봅니다.

현정이는 어려서부터 밝디 밝은 아이였습니다. 성격이 명랑쾌활하고 염려될 만한 특별한 사건도 없었습니다. 초등학교 선생님인 엄마를 꽤나 자랑스러워하는 것 같았고, 학교에서 공부를 마치고 돌아와서도 아빠가 운영하는 학원을 다녔기에 그야말로 부러울 것이 없었습니다.

그런데 현정이는 엄마보다는 아빠를 우러러 봤습니다. 아이의 눈에는 아버지가 가정을 주도하고 돈을 많이 벌어오는 것처럼 보였기 때문입니다. 그런데 중3이 된 지금 현정이의 생각에 많은 변화가 있는 것 같습니다.

딸아이는 아빠의 과거에 대해 많이 알고 싶어합니다.

"아빠. 아빠는 장교였다면서? 그런데 왜 그만뒀어?"

아이의 질문은 지금 아빠의 위치에 실망하고 있는 것을 나타내 줍니다. 나는 뭐라고 대답해야 좋을 지 모릅니다. R. O. T. C. 출신 장교였지만, 어차피 처음부터 직업군인은 아니었다는 사실을 중3 여학생에게 설명하기란 그리 쉽지 않습니다.

"왜? 그건 왜 물어?"

"군인이 멋있잖아."

지금의 아빠가 꾀죄죄한데 반하여 제복을 입은 군인이 멋있게 보이는 모양입니다. 아이가 갖고 있던 아빠에 대한 환상이 점차 깨지고 있나봅니다.

순간 나에게는 약간의 슬픔이 밀려 왔습니다. 이 사회에서 성공하지 못한 것이 비로소 더 크게 느껴졌기 때문입니다. 그리고 무슨 말을 해도 변명에 불과하리란 생각 때문입니다. 아내야 '세상의 큰 흐름에 쓸려 넘어졌으려니……' 생각하겠지만, 아이들의 눈엔 오직 결과만 보일 것이기 때문입니다.

현정이는 거기서 그치지 않았습니다.

"아빠. 아빠는 왜 선생님 안 했어?"

"……"

나는 아무 말도 하지 못하고 씨익 웃어 보입니다.

'그래, 현정이도 서서히 현실에 눈뜨기 시작할 때지.'

어릴 적이 생각났습니다. 국민학교 시절에는 선생님 말씀을 진리로 알았습니다. 선생님께서 직업에 귀천이 없다고 하면 그런 줄 알았고, 이 세상에서 돈이 다가 아니다 하면 또한 그런 줄 알았습니다. 그러나 나이가 자랄수록 그게 아니라는 생각이 들었습니다. 선생님 말씀이 이론적으로는 틀린 것이 아니지만 실상은 정반대인 경우가 많았습니다.

엄연히 인간 대다수가 존귀하게 여기는 직업이 있는 반면에 하기 싫어하는 일들이 있고, 돈이면 웬만한 것은 다 얻을 수 있다는 생각이 들었습니다.

이제 현정이도 모든 사람이 밟는 전철을 밟기 시작하는가 봅니다. 좋게 말하면 커 가는 것이고, 나쁘게 말하면 세상에 물들어 가는 것입니다. 중3 졸업반이 된 지금 돈과 명예가 보이고, 뭔가 뻐길 수 있고 내세울 수 있는 것이 좋아 보이는 모양입니다.

딸에게 미안했습니다. 어찌됐든 자랑스런 아빠여야 했고 자식들 크는데 최적의 조건이 되어야 했기 때문입니다. 나는 아버지로서 어느 정도의 조건을 갖추고 있는지 생각해 봤습니다.

맹자의 어머니는 맹자의 교육을 위해 세 번이나 이사를 했다고 합니다. 처음에는 시장으로 이사를 갔지요. 그런데 거기에서 맹자는 무엇을 보고 배웠을까요? 당연히 공부는 안 하고 맨날 장사치들의 흉내만 내게 되었고, 어머니는 다시 이사갈 준비를 하게 되었습니다. 그런데 하필 상여가 나가는 동네로 옮긴지라, 맹자는 매일 곡소리 흉내만 내면서 놀았습니다. 그

85

래서 맹자의 어머니는 다시 서당 옆으로 이사를 하게 되었고,
맹자는 글공부를 열심히 하게 되었다고 합니다.

이것이 바로 그 유명한 孟母三遷之敎입니다. 강남의 치맛바
람 저리 가라지요. 그런데 여기에서 우리는 맹자 어머니의 '官
제일주의'를 읽을 수 있습니다. 자식이 글공부를 해서 관리나
학자가 되기를 바라는 마음입니다.

지금의 부모들도 마찬가지인데 당시의 사회상에서야 말할
나위 없겠지요. 맹자의 어머니가 장사치들 옆을 황급히 떠난
것은 너무나 당연한 일입니다.

그런데 지금 나는 맹자의 어머니가 기겁을 하고 피해버린
바로 그 장사치가 되어있습니다.

그러나 자식의 교육상 부끄럽지만은 않습니다. 나름대로 한
분야에서 성공하지 못한 것은 부끄러운 일이나 교육환경으로
만 따지자면 전혀 그렇지 않기 때문입니다.

자랄 때의 다양한 환경과 경험도 큰 재산이 된다고 생각합
니다. 맹자의 어머니가 新思想을 알았던들 상여가 나가는 마을
이라고, 장사치가 있는 곳이라고 해서 황급히 떠나지는 않았
을 것입니다.

그러나 그녀는 본의 아니게 다양한 경험과 환경을 맹자에게
제공했습니다. 잘못된 관념으로 이사를 다닌 것이 결국 맹자
를 학자로 만들었습니다. 맹자의 학풍은 서당 옆에서만 이루

어진 것이 아니요, 다양한 환경과 경험, 곧 상여마을과 시장과
서당의 합작품이라는 말씀입니다.

　딸에게 공부를 많이 시키고 싶습니다. 책을 멀리하지 않으면
서도 다양한 경험을 시키고 싶습니다. 이 복잡다단한 사회를
사랑의 하모니로 모을 수 있는 사람이 될 수 있도록 말입니다.

신 맹모삼천지교

아빠 가시고기는 성공한 자의 몫

하나님이 이 세상을 창조할 때 피조물에 불과한 사람은 아무런 역할도 할 수 없었습니다. 그러나 하나님은 사람을 통해 재창조의 역사를 이루어 가십니다. 즉, 사람은 다른 동·식물처럼 자신의 후손을 남기는 일뿐만 아니라, 이 세상을 다스리며 조정하는 도구로 사용되는 만물의 영장입니다.

그런데 우리 주위에는 재창조의 역사를 잘 감당하여 아름다운 말년을 보내는 사람이 있는 반면에, 어떤 사람은 흉한 말년을 보내다가 죽는 사람들이 있습니다. 우리는 이러한 모습을 보며 자신의 족적을 잘 관리해야겠다는 생각을 합니다.

일전에 『가시고기』라는 소설이 베스트셀러에 올라 많은 독자들의 심금을 울린 적이 있습니다. 알을 낳은 후 훌쩍 떠나버리는 엄마 가시고기를 대신해서 새끼가 다 클 때까지 온 힘을 다해 보호하는 아빠 가시고기……. 그러나 새끼들 역시 다 자란 후 아빠를 떠나 제 갈 길로 가는 가시고기를 인간세계에서 찾은 소설입니다.

오늘날 많은 부모들이 아빠 가시고기의 삶을 살고 있습니다. 자식을 위해 희생하지만 다 자란 자식은 부모를 생각지 아니하고 훌훌 떠나버리는 시대입니다. 아무리 사랑을 쏟아 부어도, 출세를 시켜도 마찬가지입니다. 아니 오히려 자식을 잘 키운 부모가 그렇지 못한 부모보다 가련한 종착역으로 끝을 맺는 경우가 많습니다.

국부(國父)도 예외는 아닙니다.

박정희 대통령은 북한의 김일성 정권에 대해서 다음과 같은 요지의 말을 한 적이 있습니다.

"북한의 김일성은 독재로 말미암아 백성을 굶주리게 하고 있습니다. 나름대로 경제를 일으키려고 하지만 쉽지는 않을 것입니다. 그런데 만약 북한의 김일성이 경제를 일으켜 세우면 북한 주민들에게도 자유를 갈망하는 힘이 생겨 오히려 그 정권을 무너뜨리고 말 것입니다. 경제가 죽으면 나라가 망하고 경제가 살면 정권이 망하는 것입니다. 이것이 북한 정권의 딜레마입니다."

그런데 아이러니컬하게도 그 이론의 산물은 김일성이 아닌 박정희 자신이었습니다. 그야말로 남한의 경제를 일으킨 장본인이 되어 그 혜택을 받은 사람들, 곧 자유와 민주를 갈망하는 사람들로부터 지탄을 받게 되었습니다. 아빠 가시고기처럼 국민을 위해 헌신했지만, 다 자란 국민은 새로운 세계에 눈을 뜨게 되어 결국 제 갈 길로 가 버린 것입니다. 반면에 경제에 성공하지 못한 북(北)의 김일성은 암울한 새끼들에게 오랫동안

신 맹모삼천지교

군림하며 살았습니다.

　민주화가 된 이후 그 힘으로 대통령이 된 자들은 경제를 성장시키는 것은 고사하고 제자리를 지키는데도 어려움을 겪었습니다. 그것은 구 정권 아래의 보수주의자들 때문이 아니었습니다. 자신들이 오랫동안 입장을 대변해 주던 민주노동가들이 사사건건 국정의 발목을 잡았기 때문입니다. 그들 역시 끝까지 보호해 주고 키워낸 자신의 지지자들 앞에서 아빠 가시고기와 같은 운명이 될 수밖에 없었습니다.

　그렇다고 아빠 가시고기가 아무나 되는 것은 아닙니다. 자식들이 제 갈 길로 갈 수 있는 것은 자식을 키워내는데 성공한 아빠가 있기 때문입니다. 그러므로 국가의 지도자나 학교의 선생님이나 가정의 부모들이나 아빠 가시고기가 되는 것을 두려워해서는 안 됩니다. 아빠 가시고기가 되는 것도 성공한 자의 몫이기 때문입니다.

외다리 여학생

후진국의 인구증가율이 높은 이유는 딱히 즐길만한 오락이 별로 없어서라는 말이 있습니다. 공부를 하지 않는 사람들이라면 밤에 할 일이 딱 한 가지밖에 없기 때문입니다. 우리나라도 경제가 낙후되어 있던 시절에는 높은 출산율을 기록했습니다.

반면에 당시의 학생들은 친구들과의 싸움을 오락처럼 즐기곤 하였습니다. 회상해 보면, 학교 수업이 끝날 즈음엔 반에서 왕초쯤 되는 친구가 싸움 붙이는 일을 시작하였던 것 같습니다.

"너, 쟤한테 지지?"

"쟤가 너한테 이긴다고 하더라."

이쯤 되면 싸움이 아니 날 수 없었습니다.

싸움이 잦으면 몸이 약한 학생이나 타지에서 전학 온 학생들이 불안하기 마련입니다. 몸과 마음이 여린 데다가 중학교 교사이신 아버지의 전근으로 자주 전학을 다니던 나는 여러 걱정을 하게 되었습니다.

'친구들이 때리지나 않을까?'

'선생님이 무섭지나 않을까?'

전학 온 첫날 한 시간을 마치자마자 친구들이 몰려왔습니

91

다. 이것저것 물어보면서 힘이 얼마나 센지 떠보기도 하였습니다. 둘째 시간을 마친 후 친구들은 나를 한 여학생에게 데려갔습니다. 아주 예쁜 학생이었습니다. 그렇지만 다른 학생들과 잘 놀지도 아니하고 말도 없이 혼자 우두커니 서 있었습니다.

새 친구들은 드디어 싸움을 붙이기 시작했습니다. 그들은 내 상대로 여학생 정도면 족하다는 생각을 했던 모양입니다.

"너, 재한테 이기니?"

"……."

나는 그 예쁜 여학생과 싸움을 붙이는 친구들이 싫어서 아무 말도 하지 않았습니다. 그러나 그들이 무서워 '왜 싸움을 붙이느냐?'고 따지지는 못했습니다. 이 모습을 본 친구들은 드디어 나의 자존심을 건드리기 시작했습니다.

"야아! 너, 저 계집애가 무서워 꼼짝 못하는구나?"

"너, 재한테 지지?"

"아냐, 지지는 않아."

"그러면 한 대 때려봐라."

차라리 꿀 먹은 벙어리로 그냥 서 있었으면 좋았을 것을……. 지지 않는다고 말한 것이 화근이 되었습니다.

나는 결국 그 여학생에게 맘에도 없는 발길질을 하기 시작했습니다. 여학생은 엉엉 울면서 소리쳤습니다.

"왜 때려? 왜 때리느냔 말야! 내가 너한테 뭘 잘못했다고 때려?"

그 순간 나는 깜짝 놀랐습니다. 그 여학생의 다리 하나가 보이지 않았기 때문입니다. 나중에 안 일이지만, 어렸을 때 교통사고로 다리를 다쳐 아예 넓적다리까지 잘라냈다고 합니다.

나는 어쩔 줄 몰랐습니다. 너무 가슴이 아팠습니다. 바보처럼, 조금만 더 벙어리로 있었으면 되었을 것을…….

보호자로 따라 다니던 그녀의 이모가 울음소리를 듣고 내달려 왔습니다. 다행히도 나를 크게 나무라지는 않았습니다.

"왜 그랬니?"

"……."

"다음부터는 사이좋게 지내라. 네가 좀 도와주렴."

그 여학생의 이모는 사건의 전말을 다 아는 것 같았습니다.

그 예쁜 여학생이 학교나 읍내로 나갈 때는, 우리 집 앞 도랑 건너에 있는 높은 언덕길을 지나 다녔습니다. 목발을 짚고 때로는 터벅터벅, 때로는 힘차게 뛰어다녔습니다. 그때마다 나는 미안함에 어쩔 줄 몰랐습니다. 학교에서도 얼굴을 마주치지 못했습니다. 그러나 그 여학생은 나의 본마음을 아는 것 같았습니다.

미안하다고 말하고 싶었습니다. 그러나 마음이 여린 나는 끝끝내 그 말을 하지 못했습니다. 2년 후 아버지의 전근으로 또 전학 갈 때까지 말입니다.

신 맹모삼천지교

학교에 들르신 할머니

'꿈 많은 여고시절'이라는 유행가사도 있듯이 고등학교 시절은 많은 것을 생각할 나이입니다. 남학생들은 주로 장래 직장에 대한 그림을 그리고, 여학생들은 아마도 거기에 낭군을 첨부하지 않을까 하는 생각을 해 봅니다. 그러나 대학입시에 모든 것을 걸고 있는 우리네 고등교육은 여유가 없을뿐더러 간직할 추억조차 몇 가지 만들지 못합니다.

인문계 고등학교를 다니던 시절, 무더운 여름날이면 창문을 활짝 열어젖히고 수업을 받았습니다. 교실에 에어컨은 물론 선풍기도 비치되지 않았기 때문입니다. 어느 날, 열어젖혀진 창문을 통해 할머니 한 분이 복도에서 교실 안을 이리 기웃, 저리 기웃하셨나봅니다. 이마에 주름살이 움푹 패이고 검정 치마에 하얀 저고리를 입으신 시골 노인네였습니다.

할머니를 발견하신 영어 선생님은 직감적으로 알아차리시고 "어느 학생을 찾아 오셨습니까?"라고 물으셨습니다. 그때서야 학생들은 고개를 돌려 할머니를 보았습니다. 여기저기서 킥킥 웃는 소리가 들렸습니다. 키가 작아 맨 앞자리에 앉아 있던 나도 뒤를 돌아다보았습니다. 우리 할머니였습니다.

그러나 그 순간, 내가 미처 알아보기도 전에 할머니는 "아이고! 저기 앉아 있네!"라고 큰 목소리로 외치셨습니다. 일찍부터 귀가 어두워 목소리가 크신 데다가 여러 학급을 물어 물어 오셔서 손자를 발견하셨으니, 그 기쁨의 탄성이 절로 나왔던 모양입니다.

할머니의 돌출적인 행동에 우리 반 친구들은 "와—!" 하고 폭소를 터뜨렸습니다. 나의 얼굴은 홍당무가 되었습니다. 창피하기도 하고 한편으로는 선생님한테 크게 혼날 것 같았습니다. 영어 선생님은 아주 무서운 분이셨기 때문입니다. 학생들이 졸거나 수업에 조금이라도 거슬리기만 하면 얼마나 크게 화를 내시는지, 선생님 성함이 이우성이었는데 학생들은 모두 아우성이라고 불렀습니다. 화나신 모습이 꼭 아우성치는(?) 모습과 흡사하다고 해서 붙여진 별명이었습니다.

나는 고개를 숙인 채로 자리에서 벌떡 일어나 복도로 나가 할머니의 소매를 끌어당겼습니다. 할머니는 반가움에 뭐라고 몇 마디 하신 것 같았지만 내 귀에는 아무 얘기도 들어오지 않았습니다. 할머니도 이내 상황을 알아차렸다는 듯 무겁게 발걸음을 돌리셨습니다.

나는 홍당무 된 얼굴 그대로 자리에 돌아와 앉았습니다. 가슴이 두근거렸습니다. 선생님 얼굴을 마주칠 수 없어 칠판도 보지 못하고 고개를 푹 수그렸습니다.

"할머니이신가?"

신 맹모삼천지교

“……..”

“L군! L군은 지금 뭔가 잘못 생각하고 있는 것 같애. 혹시 창피하게 생각하고 있는 것 아냐? 그러면 안 돼. 할머니도 부모의 마음과 똑같은 거야. 손주가 보고 싶어서 왔는데 벤치에 앉아 얘기도 좀 하고 그랬어야지. 금방 보내시면 되나? 할머니께서 여기 사시는 것 같지 않던데…… 어디 사시나?”

“횡…성이요…….”

“거봐, 횡성서 여기까지 오셨는데…… 그러면 쓰나? 더군다나 교문까지 배웅도 안 하고?”

영어 선생님은 운동장을 가로질러 홀로 걸어가시는 우리 할머니를 안타까운 마음으로 지켜보셨던 모양입니다.

서운하셨을 할머니와 마음 아파하신 선생님을 그려봅니다.

삶은 갈래 사랑은 하모니

천국에 대해 들려줘

K대학 정문 앞에 전문하숙집이 있었습니다. 그 집은 각처에서 온 하숙생들로 북적거렸습니다. 그들은 각자의 취미와 전공에 따라 공부를 하기도 하고, 기타를 치며 노래를 부르거나 운동을 했습니다.

그 중 커다란 덩치의 한 학생이 점점 늦잠을 자는 버릇이 생겼습니다. 학교에 가야하는데도 불구하고 8시에 일어나기도 하고, 때로는 9시에도 일어났습니다. 그렇게 오랫동안 자고서도 맥이 탁 풀린 사람처럼 앉아 있고는 했습니다.

다른 학생들이 늦잠꾸러기라고 핀잔을 주었습니다. 그런데 하숙집 아주머니는 짚이는 데가 있는 모양입니다. 학생 어머니에게 전화를 걸어 병원에 가보는 것이 좋겠다는 얘기를 해 주었습니다.

학생이 고향에 간 후 얼마 만에 연락이 왔습니다. 병원에 입원하였다는 것이었습니다. 하숙생들은 각자의 성격에 따라 모두 한 마디씩 했습니다.

"중간고사 치르기 싫어서 꾀병부리는 것 아녀?"

"건강하던 사람이 갑자기 웬일이야."

97

“병문안이라도 가야하지 않을까?”

교회에 열심인 L학생이 제일 먼저 병문안을 갔습니다. 병실에는 커다란 덩치의 친구가 무겁게 드러누워 있었습니다. 그런데 그는 병문안 온 학생을 알아보지도 못하고 있었습니다. 이미 눈이 잘 보이지 않았기 때문입니다.

“누구니?”

“누군 누구야, 나지.”

친구의 눈이 안 보인다는 것을 알지 못하고 그의 머리를 장난스럽게 툭툭 치며 한 말이었습니다. 그 때 친구의 어머니가 병실에 들어섰습니다. 어머니의 눈에는 눈물이 그렁그렁 맺혀 있었습니다. 뭔가를 포기한 사람 같았습니다. 누워 있던 친구가 다시 말했습니다.

“나 곧 죽을 거야. 너, 교회에 다니지? 천국에 대해서 말 좀 해다오.”

“야, 무슨 그런 말을 하니? 빨리 나아야지.”

교회에 열심인 L학생은 인간적인 생각 때문에 복음을 전하지 못했습니다. 그 자리에서 천국을 얘기한다는 것은 그 친구가 곧 죽는다는 것을 자신이 인정한다는 뜻으로 비춰질 것 같았습니다. 병이 나은 후에 교회에 데리고 가리라 마음먹었습니다.

그런데 며칠 후, 그 친구는 영원히 떠났습니다. 백혈병이었습니다.

하숙집 아주머니가 게을러지신 것 같습니다.

예전엔 빨래까지 해 주셨는데, 요즘은 밥반찬도 대충대충 하십니다. 몸이 안 좋으신 것 같기도 하구요. 아무튼 정말 밉습니다.

반면에 전화 받으시는 모습이 이상하리만큼 아름다워지셨습니다. 그냥 "여보세요?" 하시는 것이 아니라, "복 많이 받으세요, 여보세요?"라고 말씀하십니다.

5년이 지났습니다.

교회에 열심이었던 L학생이 전방에서 소대장으로 근무하다 휴가를 얻어 하숙집에 들렀습니다. 하숙집 아주머니는 자궁암 말기로 고통받고 있었습니다. 암세포가 요도까지 번졌는지 오줌을 누실 때는 심한 통증으로 어린애처럼 울부짖으셨습니다.

5년 전, 아주머니가 갑자기 친절하게 전화를 받기 시작하던 일이 생각났습니다. 뭔가 짚이는 데가 있습니다. 아마도 그 때 아주머니는 암 진단을 받으시고, '죽기 전에 남에게 잘해야 되겠다. 전화 하나라도 친절히 받아야 되겠다'라고 생각하셨던 것 같습니다.

"어, L이 왔구나! 아이고 이제 나 죽게 생겼다. 고통이라도 없었으면 좋겠구나. 너 지금도 교회 열심히 다니지? 천국에 대해서 말해줄 수 있겠니?"

그러나 소대장이 된 L은 이번에도 아무 말도 하지 못했습니다. 아주머니의 얼굴에 실망의 그림자가 비췄습니다. 얼마 뒤

99

아주머니가 영원히 떠나셨다는 소식이 들려왔습니다.

또 5년이 지났습니다.

L은 우연히 하숙집 아주머니의 막내아들을 만났습니다. 어엿한 대학생이었습니다. 어머니가 돌아가신 후 형편이 어려워 R. O. T. C 장기복무를 지원했다고 합니다. 장기복무자는 4년 동안 장학금 혜택이 주어지기 때문이었습니다. 아직 시집 못 간 작은누나를 걱정하는 것을 보며 철이 다 들었다는 느낌을 받았습니다.

"어머니의 고통은 너무나 심했습니다. 고통이 심할수록 세상을 원망하고 자신을 낳아주신 어머니와 싸우기까지 하셨습니다. 그러나 돌아가시기 직전에 예수님을 마음으로 영접하고 정말 평온한 얼굴로 돌아가셨습니다."

교회에 열심인 L은 감사했습니다. 그리고 부끄러웠습니다. 자신이 하지 못한 일을 남이 해 주었기 때문입니다. 하나님이 그렇게 하셨을 것이라 생각했습니다. 이제부터는 자신이 배운 것, 확신한 것을 머뭇거리지 말고 전해야 되겠다고 생각하였습니다.

삶은 갈래 사랑은 하모니

그래도 제도 안의 교육을 원한다

3월이 되면 막딸 현정이가 고등학교 졸업반이 됩니다. 초등학교 4학년 때부터 테니스를 시작하였으니 벌써 8년이 넘어서는가 봅니다. 운동을 시키는 학부모 누구나 그러하듯이, 처음에는 나의 딸년도 훌륭한 선수가 될 것을 믿어 의심치 않았습니다. 그러나 8년이 지난 지금 현정이는 그야말로 평범한 선수에 불과합니다.

그래서 우리 부부는 날이 갈수록 근심이 쌓입니다. 운동은 공부와 달리 2등을 허락지 않기 때문입니다. 사회에 나와서 제대로 적응할 수 있을지도 의문입니다. 나름대로 최소한의 공부를 시키려고 노력하지만, 운동을 마치고 피곤해하는 딸을 보며 무리라고 결론지은 지 이미 오랩니다.

어느 날.

나는 그 동안의 근심이 이미 현실로 다가섰음을 알게 되었습니다. 무심코 현정이의 말을 듣는 중에 그 말의 어순이 잘 맞지 않고 두서가 없음을 느꼈기 때문입니다. 그제야 나는, '아! 국어도 제대로 공부하지 않으면 이런 결과를 초래하는구나!'라고 생각했습니다. 아니 지금까지 영어 수학만 중요한 줄 알고, 국어, 특히 '말하는 것'은 저절로 되는 것인 줄 알고 있었던 것이 너무나 부끄러웠습니다. '말하는 것'이야말로 어려서부터 제대로 배우지 아니하면 교정하기 힘들고, 더군다나 주위 사람들에게 바로 노출되어 무식(?)이 탄로날 수밖에 없는 학문이었습니다.

그런데 이 문제는 비단 현정이에게만 한정된 것이 아니었습니다. 가만히 보니 어법을 제대로 구사하지 못하는 운동 선수들이 의외로 많았습니다. TV 스포츠 중계의 마지막 부분에 수훈 선수의 인터뷰를 보더라도, 그가 엉터리 화법을 구사하고 있음을 알 수 있습니다. 그들은 한국 엘리트 스포츠 구조상, 제도권 안의 교육을 받기 힘들었기 때문입니다.

사회 여러 분야의 성공한 사람들 중에서도 말의 기초가 부족한 분이 있음을 가끔 느낍니다. 대부분 경제적 사정이나 정치적인 이념 문제로 인해 정상적인 학교 교육이나 사회 생활을 하지 못하고 성장한 분들에게서 많이 나타납니다.

이제 나의 딸 현정이가 운동 선수로서 어느 위치까지 도달하든지 간에, 남들이 보통 걸어가는 그 교육을 받았으면 합니다. 구조상 어렵더라도 노력을 하고 싶고, 그것이 꼭 불가능한 일만은 아니라고 생각합니다.

한일 월드컵이 끝난 후, 나는 이영표 선수를 눈여겨보게 되었습니다. 그의 언변 때문입니다.

"우리가 월드컵에서 4강에 든 것을 기적이라고 말합니다.

삶은 갈래 사랑은 하모니

그러나 앞으로 더욱 열심히 해서, 기적이 아니고 실력이라
는 소리를 듣도록 노력하겠습니다.”
“선수는 그라운드에서 말하는 것입니다(월드컵이 끝난 후 TV에
서 그의 일대기를 내보내려는 것을 정중히 거절하면서).”
그의 말은 단순하게 떠벌린 것이 아니고, 나름대로의 철학
적 학문과 소신이 짙게 배어 있음을 알 수 있습니다. 아무나
할 수 있는 말이 아니고 하루아침에 이루어질 수 있는 말도
아니었습니다. 그 선수가 축구를 하면서도 뭔가 공부를 게을
리하지 않았다는 증표인 것입니다.

오늘날 공교육과 사교육의 문제는 끝없이 논란을 계속하고
있지만…… 나는 일차적으로 공교육을 신뢰합니다. 일단 사
람에게 필요한 것을 종합적으로 관리해주고 더군다나 오랜
기간 동안 검증받은 교육이기 때문입니다. 내가 아무리 잘 가
르쳐도 아무리 학원을 보낸다 할지라도 내 아이가 필요한 모
든 것을 다 섭렵시킬 수는 없습니다. 지금 학원을 비롯한 사
교육의 효과가 꽤 좋은 것으로 평가받을 수 있는 것도 실상
따지고 보면 학교에서 웬만한 것을 다 배울 수 있기 때문입
니다. 직접적인 학습 외에도 선생님과 학생, 학생과 학생, 그
리고 학교와 가정과 사회와의 관계 등을 통하여 많은 것을
얻을 수 있는 것입니다. 그래서 학생은 그 기초 위에 일정분
야의 극대화를 위해 학원에 다니는 것이 좋다고 생각합니다.

신 맹모삼천지교

학교에서 공부하고, 운동하고, 놀고 떠들며 우리들의 2세는
무럭무럭 자랄 것입니다.

삶은 갈래 사랑은 하모니

입시 지옥을 겪는 한국의 어머니

예나 지금이나 교육부 장관이 바뀔 때마다 입시제도가 바뀐다고 난리들입니다. 백 년 앞을 내다보고 계획을 세워야 하는 교육이 3년이 멀다하고 바뀌니 아니 당황할 수 없습니다. 그러나 역으로 생각하면 교육만큼 자주 바뀌어야 하는 분야도 없습니다. 세상의 가치관이나 지식이나 산업현장의 기술이 급변하는 요즈음, 그 필요를 따라 민감하게 대응해야 하기 때문입니다. 그러므로 교육부서는 발빠르게 세상에 대응하고, 학부모와 학생은 더욱 민첩하게 교육부의 발표를 이해해야 합니다.

흔히 한국의 교육을 입시를 위한 교육이니 취직을 위한 교육이니 비아냥대기도 하지만, 오히려 그것을 잘 이용하여 정책을 입안하면 좋은 결과를 얻을 수 있습니다. 요컨대 학생들이 입시와 취직을 위한 공부를 할지라도 자연히 지·덕·체가 쌓아질 수 있도록 정책 입안자들이 과목과 세부 아이템을 조정하는 것입니다. 그러나 어떤 방식을 택하든지 지옥 같은 입시는 없어져야만 하겠습니다.

신 맹모삼천지교

1977년 늦가을.

어머니는 벌써 아침 준비를 다 마치셨는지 거울을 보며 얼굴을 토닥토닥하고 계십니다. 아들이 대입예비고사를 치르는 날이라 그런지 화장하는 손길이 다른 때보다 더 정성이 들어 있는 것 같습니다. 나말고도 동생 둘이 더 있었지만 장남인 나에게 더 큰 집착을 보이며 살아오신 어머니, 그 어머니를 위해서라도 마음을 단단히 먹어야 했습니다. 어찌 생각하면 오늘 단 하루를 위하여 3년 간 그 고생을 한 것입니다.

온 식구가 다 잠에서 깨었는데 도란도란 이야기 소리는 들리지 아니하고, 마치 결전을 앞둔 전장에서처럼 적막감이 흐르고 있습니다. 모두가 내 탓입니다. 내가 안 보이면 분위기가 좀 나아질 것 같아 서둘러 밖으로 나가 세면하러 부엌으로 들어갔습니다. 문지방을 넘어 몇 계단 내려가야 하는 재래식 부엌입니다. 어머니께서 뜨신 물을 퍼 주시려고 따라 들어오셨습니다.

그런데 큰 일이 터지고 말았습니다. 칫솔질을 하며 부엌 계단을 내려오던 여동생이 그만 들고 있던 물바가지를 떨어트렸던 것입니다. 바가지는 금방 멈추지 아니하고 "딱, 따닥, 딱~" 하는 소리를 내며 이리저리 굴렀습니다. 순간 어머니의 눈에 쌍심지가 켜졌습니다. 여동생도 자신이 무엇을 잘못했는지 알아차리며 얼굴이 하얗게 질렸습니다.

"이 계집이 조심하지 않고…… 오빠 시험 보는 날 아침에

삶은 갈래 사랑은 하모니

바가지를 떨어트려……"

평소 집안의 분위기로 보아 여동생이 싸대기를 몇 차례 맞아야 할 것 같습니다. 나는 여동생이 나 때문에 맞을 것이 안타깝고 미안해 고개도 돌리지 못하고 하던 일을 계속했습니다. 그러나 다행히도 어머니는 더 이상 나무라지 아니했습니다. 어머니가 동생에게 했던 말 그대로, 아들이 시험보는 날 아침부터 더 이상 소란을 떨 수 없었기 때문입니다. 오빠 때문에 지옥의 문턱까지 갔던 여동생은 오빠 때문에 되돌아올 수 있었습니다.

학교 운동장에는 '필승 원고건아'라는 플래카드를 두른 관광버스 8대가 질서정연하게 도열해 있습니다. 시험장인 춘천까지 우리를 태우고 갈 버스입니다. 버스를 보니 장도에 오른다는 말이 실감납니다. 수백 명의 학부모님들과 선생님들이 합격을 기원하며 쌀쌀한 날씨를 맞고 있는 것을 보니, 우리도 모르게 숙연해집니다.

'그래, 우리는 꼭 합격해야 한다.'

드디어 버스 8대가 움직이기 시작했습니다. 춘천까지는 아스팔트가 깔렸지만 길이 워낙 꼬불꼬불해 2시간이나 걸립니다. 교문 양옆으로 어머니들이 늘어서서 우레와 같은 박수를 보내기 시작했습니다. 환호성은 없지만 눈물이 조금씩 비치는 박수였습니다. 그 와중에도 자식의 얼굴을 한 번 더 보려는 어머니

107

들이 고개를 높이 들어 이리저리 살피는 것이, 차창 밖으로 비치고 있습니다.

이 때 뜻하지 않은 일이 일어났습니다. 한 어머니가 아들이 반대편에 앉아 있다는 생각이 들었는지, 서서히 움직이는 버스 앞을 폴짝 뛰어 반대편으로 건너갔습니다.

바로 그 때였습니다. 그 자리에 모여 있던 수백 명의 어머니들이 일제히 손가락질을 하며 욕을 퍼부었습니다. 차 안에서 들리지는 아니했지만,

"아아니……? 저, 저런 못된 년 봤나. 학생들을 태운 버스가 출발하고 있는데, 여자가 그 앞을 가로질러? 에이, 나쁜 년"이라고 하는 것 같았습니다.

그리고 저쪽에서 다른 어머니들과 함께 화를 내는 나의 어머니도 보였습니다. 순간적으로 나는 부끄럽다는 생각이 들었습니다. 아니 그보다는 어머니가 측은하다는 생각이 들었습니다. 나의 어머니, 아니 이 곳에 모인 많은 어머니들이 아들의 대입 예비고사에 자신의 일생을 맡긴 사람처럼 보였기 때문입니다. 울적한 가슴을 부여잡고 장도에 올랐습니다.

20여 년이 흘러 그 아들들이 아버지가 되고 직장인이 되었습니다. 학창시절의 성적순에 관계없이 비교적 사회적 위치가 높은 자도 있으나 대부분은 평범한 삶을 그려가고 있습니다. 그런데 어머니들이 바라던 인생을 살고 있는 사람은 아주 극

삶은 갈래 사랑은 하모니

소수에 불과한 것 같습니다. 다만 어머니들이 자식에 대한 그 동안의 눈높이를 낮춰 만족하고 있을 뿐입니다.

개인의 인생이란 것이 다 거기서 거긴데, 우리네 어머니들은 왜 그토록 가슴 졸이고 우시며 모질게 사셨는지 모르겠습니다. 다 내 아들과 내 가족이 최고여야 한다는 극단적 사고 때문일 것입니다.

나의 자녀도 잘되기를 바랍니다. 그러나 우리네 어머니들의 그 길을 다시 가지는 않으렵니다. 최다의 투자를 하더라도 진인사대천명의 편안한 마음으로 가고 싶습니다.

신 맹모삼천지교

저거, 사진 찍으면 돈 받겠다

"나 오늘 남자애한테 맞았어."

"왜?"

"담임 선생님이 나보고 떠드는 사람 이름 적어 오라잖아. 그래서 내가 이름을 적어 냈더니…… 이름 적힌 남자애가 다가오더니 갑자기 얼굴을 팍 때리잖아."

"……."

우리 집 막내인 현지가 학교에서 돌아와 아빠한테 푸념하는 소리입니다.

"그 남학생이 화날 만도 했겠다. 다음부터는 그런 것 적어 내지 마라. 남의 잘못을 고자질하는 것은 나쁜 일이거든. 선생님은 아마도 아이들을 떠들지 않게 잘 이끌라는 뜻에서, 반장인 현지에게 그런 말씀을 하셨을 거야."

현지에게 이 말을 해 준 것은 참으로 잘한 일이라 생각됩니다. 아무리 법치로서 의를 실현한다고 하지만 법보다 앞서는 것이 있기 때문입니다. 사람과 사람 사이의 관계요, 의리요, 정입니다. 아이들의 경우에서도 교실에서 떠드는 것보다는 친구를 일러바치는 것이 단체생활에 더 좋지 않은 영향을 끼칠 것입니다.

아내와 두 딸을 차에 태우고 교회에 갈 때 내 옆자리는 항상 막내딸 현지의 차지가 됩니다. 아내조차도 얼씬거리지 못하는 자리입니다. 평소 차분한 운전 습관을 가진 나지만 가족이 함께 탈 땐 더욱 조심스럽게 운전하는데…….

언젠가 교차로의 신호등에 빨간불이 들어와 잠시 멈춰 섰던 적이 있습니다. 그런데 마침 옆 차선에 있던 자가용이 신호를 무시하고 그냥 달리는 것이 보였습니다.

"야! 저거 사진 찍으면 돈 받겠다."

옆자리의 막내가 무심코 내뱉은 말입니다. 이제 겨우 초등학교 4년생이 그런 말을 하는 것을 보고 깜짝 놀랐습니다. 가끔씩 TV에서 교통위반 차량을 찍어 전문으로 포상금을 타내는 사람들이 있다는 뉴스가 보도되고 있지만, 그것을 아이들까지 유심히 보고 있을 줄은 꿈에도 생각지 못했습니다.

순간 나는 아무소리도 하지 않았습니다. 이렇게 자란 아이들이 돈 때문에 자연을 파괴하고 친구를 배신하며, 권력 때문에 정적을 숙청한다 생각하니 끔찍했습니다.

교통위반 차량 포상금 제도의 원인은 교통법규를 위반하는 차량이 많은데 있었습니다. 경찰이 아무리 단속을 해도 줄어들지 않아 고육지책으로 내놓은 정책이었을 것입니다. 그러나

신 맹모삼천지교

이 방법이 정도라고 생각하는 사람은 아무도 없습니다. 그것은 교통법규 위반이 줄어드는 긍정적 효과보다는 국민들 사이에 불신을 조장하는 부정적 의미가 더욱 크기 때문입니다. 정부의 정책 입안자들이 너무나 단편적인 사고방식을 갖고 있음이 놀라울 따름입니다.

지금 신호위반 차량을 보는 막내가 '신고와 포상금'이라는 생각보다는 때묻지 않은 순수한 사고를 가졌으면 좋겠다는 생각이 들었습니다. 그래서 간접적으로 들을 수 있도록 뒷자리에 있는 아내에게 말했습니다.

"여보, 당신 국민학교 다닐 때 북한의 5호 담당제에 대해서 배운 적 있지? 공산당원 1명이 다섯 가구를 책임지고 감시한다는 제도 말이야. 그러니 북한 주민들은 마음놓고 말도 제대로 하지 못하며 사는 거야. 그런데 그런 제도가 당장은 정권유지에 도움이 될지 모르지만 장기적으로는 그렇지 못하지. 서로 불신하는 사회, 사랑이 없는 사회가 얼마나 건강하게 오래갈 수 있겠나? 서로 신뢰하는 사회가 좋은 거야."

"당신 말이 맞아요. 그래서 범법행위에 대한 감시와 처벌보다는 어려서부터 질서가 생활화되도록 교육시키는 것이 중요하다고 생각해요. 감시체제를 만들고 유지하는데 얼마나 많은 예산과 인원이 들겠어요. 그리고 그것을 떠나 지금 많이 야기되고 있는 사회적 불신풍조가 더 큰 문제라고 생각해요. 범칙금을 내게 된 사람이 파파라치를 찾아내어 싸우는 일도 왕왕 있다고 해요. 국민들이 자발적으로 참여할 수 있도록 호소하는 것이 어떨까요? 매스미디어가 엄청나게 발달했는데……. 언젠가 TV에서 안전띠 매기 캠페인을 지속적으로 벌인 후 안전띠 착용률이 급격히 높아진 것을 보더라도 그 방법이 좋을 것 같아요."

"옳은 생각이야. 지금 우리나라 사람들이 계몽이니 캠페인이니 하면 과거 권위주의 정권을 연상해서 잘 사용하지 않는 것도 문제야. 그래도 정권유지 차원이 아니라면, 민초들이 무심코 지나치기 쉽지만 꼭 알고 지켜야 할 것들은 매스미디어를 이용한 교육도 좋은 방편이 될 것 같아. 음성적인 범죄를 잡기 위해 음성적인 방법을 쓰는 것보다는 양지로 끌고 나와야 한다는 논리야."

우리의 정책입안자들이 가재를 잡는데 몰두하며 계곡을 거슬러 올라가다가 길을 잃은 소년들처럼 보입니다.

신 맹모삼천지교

악처가 소크라테스를 만든다

소크라테스는 악처 때문에 훌륭한 철학가가 될 수 있었다고 합니다. 누군가 우스갯소리로 지어낸 말일 수도 있으나 어느 정도 영향을 미쳤다고 아니 할 수 없습니다. 인간은 고통받을 때 한 번 더 생각하기 때문입니다.

나의 오랜 지인 K도 많은 고통을 받고 자란 유형의 친구입니다. 머리가 썩 좋은 편도 아니고 독하게 공부하는 형도 아니었으나, 매사에 성실함으로 인해 학교성적은 괜찮은 편이었습니다. 다람쥐 쳇바퀴 돌듯이 학교와 집만을 오갔고 친구들과 늦게까지 쏘다니는 일은 거의 없었습니다.

물론 자의적인 일은 아니었습니다. K의 아버지가 워낙 엄하신 분이라 통제에 따르지 않을 수 없었을 뿐입니다. 남들은 수업이 끝난 후에 이곳저곳을 배회하다가 집에 돌아가서는 대충 둘러대기도 하였지만, K가 학교 선생님이신 아버지를 속이기는 거의 불가능했습니다.

그런데 K가 중학생이 될 무렵부터 그의 마음 속에는 아버지에 대한 증오심이 자라기 시작했습니다. 전에는 다 옳은 줄

삶은 갈래 사랑은 하모니

알았던 아버지의 말씀이 그게 아니라는 생각이 들었습니다. 시대에도 뒤떨어질뿐더러 아버지 세대에서도 잘 통용되지 아니하는 아전인수식 규범이었기 때문입니다.

K의 아버지는 교과서를 제외하고는 어떠한 책도 사주지 아니했습니다. 교과서만으로도 대학에 합격하고 관직에 오른 자신을 매우 자랑스러워하며, 참고서나 동화책 따위는 필요 없다고 입버릇처럼 말씀하셨습니다. 책에 대한 사고방식이 이 정도니, 친구니 우정이니 하는 것은 아무 쓸데없는 것이요, 이 다음에 성공하면 다 따라오는 것이라고 여겼습니다. 한 마디로 이 사회의 모든 사물을 읽고 해석하며 주장하시는 말씀이 이치에 맞는 것은 거의 들어볼 수 없었습니다.

그러나 K의 아버지에게 악의적인 면은 없었습니다. 가난과 고통 속에서 살아온 그의 인생을 생각하면 그럴 수밖에 없으리라는 생각도 들었습니다. K는 지금도 아버지의 말씀에 잘 순종하고 있습니다. 물론 겉으로만 순종하는 것일 뿐 속으로는 '아니오'를 반복하고 있습니다. 아버지가 차라리 실직자였다면 그의 인생관이 이렇게까지 편협하지는 않았을 거라는 생각을 하면서 말입니다.

K는 이제 '아니오'라는 생각으로 끝나는 것이 아니라 나름대로 부인하는 근거를 논리적으로 생각하는 버릇이 생겼습니다. 매사에 그렇게 생각하다보니 K의 마음이 악해지기도 했습니다. 그러나 사고의 폭이 넓어지고, 내성적인 성격임에도 불

신 맹모삼천지교

구하고 친구들과 토론하기를 즐겨하기 시작했습니다.

K는 신문보기를 즐겨했습니다. 집에 교과서 외에 볼 것이라고는 아무 것도 없었으니, 매일 배달되는 조선일보는 정말 기다려 질 수밖에 없었습니다. 중학생이 읽기에는 좀 어려웠지만, 한 자 한 자 꼼꼼히 읽다보니 이해가 되면서 재미도 있었습니다. K의 말은 점점 더 논리적이 되고, 고지식한 아버지에 대한 증오심이 눈덩이처럼 불어났습니다.

대학생이 되어서는 아버지의 말씀을 듣기만 하는 것이 아니라, 논리적으로 대응하기 시작했습니다. 그러나 그 때마다 돌아오는 것은 성난 아버지의 주먹세례 뿐이었습니다. K는 눈물을 줄줄 흘리며 원통해했습니다.

세월은 어느덧 K를 어른으로 만들었습니다. 그렇지만 부자관계는 변하지 않았습니다. K가 아버지가 된 후로는 자신의 아버지를 더욱 이해할 수 없었습니다.

'어떻게 아버지가 저러실 수가 있을까? 60년대에 대학을 나왔다면 당시로서는 지식인 중의 지식인일텐데…… 어떻게 저렇게까지 편협하고 옹고집일 수 있을까?' 하는 생각이 맴돌았습니다.

K는 아버지에게 받은 것이 아무 것도 없다는 생각이 들었습니다. 사랑도, 재산도, 인정도…….

그러나 큰 것 하나를 받았으니, 그것으로 K는 뛰어난 논객이 되었습니다.

116

참 인생 노니는 곳을 향하여

살 만할 때 죽는다는 것, 관계를 맺는다는 것

우리네 할아버지 할머니들로부터 15살에 장가들었느니 10살에 시집을 갔느니 하는 소리를 들을 때면 웃음이 절로 나옵니다. 과연 그들은 어떻게 돈벌이를 하고 사랑을 나누었을까 상상하면서, 근대 이전은 세계 어느 곳이나 다 그렇게 살았을 것이라고 짐작합니다.

변하고 또 변하는 것이 인생살이요, 학문이요, 가치관입니다. 지식과 정보의 홍수 속에 살고 있는 요즈음, 어찌 생각해 보면 천자문 한 권 달랑 공부하고 사회에 진출하던 때를 부러워할 수도 있습니다.

불과 100년 전만 하더라도 그랬습니다. 글이나 좀 깨우치면 금방 생업 전선에 뛰어들 수 있었습니다. 그러고 보면 우리의 선조들은 한 번 배운 것 가지고 곰탕 우려내듯이 두고두고 써먹었나 봅니다. 공부한 기간에 비해 그 지식을 사용한 기간이 꽤나 길었으니 무척이나 경제적이었던 셈입니다.

그런데 사회가 좀 복잡해지고 신학문이 새롭게 등장하는 근대에 이르러서는 최소한 10년 이상은 공부해야 직업을 갖게 되었습니다. 그리고 지금은 30년 정도는 배워야 전문인으로 진출할 수 있는 시대가 되었으며, 4, 50세까지 대학과 대학원을 전전하며 공부하다가 대학 총장이니 CEO니 하는 고위직으로 진출하는 시대가 되었습니다. 공부한 기간에 비해 그 지식을 활용할 기간이 짧으니 매우 비경제적이라 생각할 수 있습니다.

여성의 경우는 더욱 심합니다. 늦은 나이까지 공부한 후 직업도 갖지 아니하고 바로 결혼하여 자식을 키우는 일에 전념하는 경우도 있습니다. 가정주부가 되기 위하여 고생고생하며 공부를 했다는 것이 허무하기까지 합니다. 물론 우리가 직업을 갖고 사회생활을 하기 위해서만 공부하는 것은 아니지만, 많은 사람들이 공부하는 내용이나 추구하는 것을 볼 때 그것이 가장 큰 이유임에는 틀림없습니다.

그런데 더욱 허무한 것은 나래를 펴지도 못하고 늦은 나이까지 공부만 하다가 죽는 경우라 하겠습니다.

언젠가 남극탐험기지로 연구차 떠난 한 젊은이가 파도에 휩쓸려 죽은 일이 있었습니다. 그의 고향이 강원도 영월이라니, 고향에서는 수재소리를 듣고 자랐음에 틀림없을 것입니다. 아들이 서울대학교를 졸업하고 연구원이 되었을 때 고등학교 차량기사로 근무하던 아버지는 천하를 얻은 듯이 기뻐했겠지만, 그 기쁨은 싸늘한 시신으로 돌아왔습니다.

우리는 생각합니다. 살 만할 때 죽는 것이 인생이요, 배우고 익혀 써먹을 만할 때 사라지는 것이 지식이라고 말입니다. 그래서 솔로몬은 인생을 가리켜 헛되고 헛된 것이라고 말했나 봅니다.

그런데 생각을 바꾸면 인생이 달라 보입니다. 우리의 인생이 살기 위한 것이라면 누구나 허무한 인생을 살다가는 것이지만, 그 인생이 일이 아니고 배움이라면 최선을 다한 자는 허무를 뛰어넘을 수 있기 때문입니다. 이런 측면에서 볼 때 남극의 한 젊은이는 아름다운 인생, 행복한 인생을 살았습니다. 비록 일을 하지는 못했지만 열심히 배웠기 때문입니다. 하나님은 그의 배움을 통해 당대가 아니라 훗날까지 다른 사람을 통하여 일로 나타나게 하실 것입니다.

많은 사람들은 의식주에 큰 관심을 갖고 살아갑니다. 특히 우리나라 사람들은 인생의 목표를 거기에 둔다해도 과언이 아닙니다. 소득이 높아지면 높아질수록 의식주가 차지하는 비중이 낮아지기 마련이지만, 우리 국민에게는 이 법칙이 적용되지 아니한다고 합니다. 배 뚜드려 가며 고기 먹고 화려한 의복을 걸치며, 평생 번 돈에다 대출까지 받아서 큰 아파트를 사야 직성이 풀리는 국민입니다.

그러나 솔로몬의 부귀영화조차도 들에 핀 백합화보다 못한 것이라 했습니다. 꽃들을 보고 아름답다 아니하는 사람 없고 남의 부귀영화를 보고 아름답다 말하는 사람은 없는 법입니다. 우리가 의식주에만 매달린다면 아무리 기나긴 인생이라도 역

참 인생 노니는 곳을 향하여

사에서는 촌음이요, 풀잎의 아침 이슬과 같이 흔적도 없이 사라지는 존재일 뿐입니다.

하지만 다 같은 인생이라도 남들과 관계를 맺는데 치중하는 인생은 아름답고 영원합니다. 실상 종족보존도 관계를 맺는데서 이루어지고 있지 않습니까? 이웃과 아름다운 관계를 맺는 사람이 아름다운 인생입니다. 하늘 우러러 한 점 부끄러움 없이 산다는 것, 곧 하늘과 이웃과 아름다운 관계를 맺는 것이 행복한 인생입니다.

이런 측면에서 볼 때, 요즘 우리 생활비에 정보 통신료가 차지하는 비중이 높은 것은 어찌 보면 바람직한 일입니다. 관계를 맺는데 사용되는 것이기 때문입니다.

사람이 몸과 마음과 시간과 재물의 많은 부분을 의식주에서 관계를 맺는 곳으로 전환해서 사용해야 합니다. 끈끈하게 대화하고 사랑하고 아껴주며 돌보는 곳에 투자해야 합니다. 살만할 때 죽는 것이 인생이기에, 하늘을 우러러 한 점 부끄러움 없이 이웃과 관계를 맺는, 아름답고 오래 기억되는 인생을 살아야 합니다.

자기 할 일 정도만 하는 사람

인생의 반이 지날 무렵이면 '자식이 무엇이기에 이 고생을 하는가?' 하는 질문을 던져볼 때가 있습니다. 인간의 욕심을 다 버리고 살려다가도 자식만 생각하면 좀더 벌고 좀더 일해야 되겠다는 생각이 들기 때문입니다.

그래서 때로는 무리수를 두기도 합니다. 비싼 학원비를 감당하기 위해 마트에서 파트타임으로 뛰기도 하고 요구르트 배달도 마다하지 않습니다. 내 아이가 학급의 다른 아이들과 문제라도 생기면 열 일 제쳐두고 학교로 쫓아가게 됩니다. 자기 할 일 정도만 하면서 살고 싶은데 자식만 생각하면 그럴 수 없는 것이 인생인가 봅니다.

고등학교에 다니는 맏딸 현정이가 곤하게 자고 있습니다. 초등학교 4학년 때부터 테니스를 치기 시작한 딸은 전혀 여자답지 않은 시커먼 얼굴과 단단한 근육을 갖고 있습니다.

딸이 운동을 하기 시작한 이후 아버지는 '자기 할 일 정도만 하는 사람'일 수 없었습니다. 주위 환경이 그렇게 놔두지를 않았습니다. 내 아이뿐만 아니라 테니스부의 다른 아이들 먹는 문제까지 세심히 관찰해야 했으며, 학교에서 테니스팀에 대한 예산 배정이 많이 이루어지도록 교장 선생님도 만나 봐야 했습니다. 동료 선수들이 운동을 그만두어서 팀이 존폐의 기로에 섰을 때는 감독이나 코치가 해야 할 선수 스카우트까지 하러 다녔습니다. 아버지는 당연히 해야 할 일이라는 의무감을 가지고 있었고, 학교나 다른 학부모들도 좋아할 줄 알았습니다. 그러나 그것은 기우였습니다. 세상사라는 것은 동일한 일일지라도 관계가 좋을 때와 나쁠 때 그 평가가 달라지는 법이었습니다. 시합에서 성적이 좋지 않거나 선수들 간에 마찰이 있을 때는 당연하다는 듯이 "저 사람 때문이야"라고 수군거렸습니다. 가장 큰 관심을 갖고 지켜보며 관리하는 사람이 지탄의 대상이 되는 것입니다.

물론 고의가 아닐 때도 많습니다. 누군가 "요즘 그 팀 왜 그리 시끄러워?"라고 묻기라도 한다면, 순간적으로 "저 사람 때문이야"라고 대답할 때도 많습니다. 사람에게는 자기방어본능이 있기 때문에 일단 자기는 아니라고 말하고 싶고, 그러기 위해서는 일의 한가운데 있었던 사람의 이름이 쉽게 튀어나오기 마련입니다.

그리고 사람들 간의 대화는 논설과 달라서 거두절미하고 이야기하기 쉽습니다. 어떤 사람이 그렇게밖에 행동할 수 없었음을 전후사정을 포함해서 설명하는 것이 아니라, 결과적으로 누구 때문에 그렇게 되었노라고 말하게 마련입니다.

그러므로 자기 할 일 정도만 하는 사람이 현자라고 말할 수

124

있습니다. 자기가 이 세상을 책임지는 것이 아니라 자신은 이 세상의 극히 작은 일부분임을 깨달아야만 합니다.

세계 속의 국가 간의 관계도 마찬가지입니다. 어떤 국가든 국가로서의 역할에 머무를 줄 알아야 합니다. UN과 같은 곳에서 힘이 있는 나라들이 좀더 큰 역할을 감당할 수는 있겠으나, 마치 자신이 UN이라 생각하고 행동한다면 세계 평화에의 기여는 고사하고 일은 일대로 하면서 욕은 욕대로 먹을 수밖에 없습니다.

제2차 세계대전 이후의 미국이 그렇습니다. 초강대국을 지나 이제는 패권국이라고 불려지며 세계의 경찰 노릇을 톡톡히 행하고 있지만, 지금 미국을 아름다운 나라라고 생각하는 사람은 별로 없습니다. 물론 이념이나 민족, 국가 간의 분쟁이나 갈등에 있어서 사건 하나하나를 살펴보면 미국의 개입이 정당화될 수도 있고 좋은 일을 많이 하였음에는 틀림없습니다. 그러나 그것을 뒤집어 말한다면 현 상황의 모든 불협화음의 원인에 그 나라가 개입되어 있다는 것을 뜻합니다. 그래서 많은 나라들은 미국을 싫어할 수밖에 없습니다. 국가나 민족도 사람의 마음으로 이루어진 것이어서, 사랑받은 것은 짧게 기억되고 미움받은 것은 오래 기억되며, 자신의 문제에 끼여들어 이래라저래라 하는 지배자를 경계하고 배척하기 때문입니다.

사랑의 하모니는 모든 사람이 자기 할 일 정도만 할 때 이루어집니다.

125

보는 대로 의기를 일으키지 말라

젊은이들에게 의기(義氣)가 없다면 젊은이라 할 수 없습니다. 의기 없는 젊은이는 자고로 밝은 미래를 만들 수 없기 때문입니다. 따라서 젊은이라면 기성세대의 타성에 끊임없이 도전해야 할 뿐만 아니라 부조리에 단호히 대처하고, 새로운 세계를 향하여 무한히 정진하는 자세를 가져야 합니다. 다만 보는 대로 의기를 일으키는 일은 삼가야 할 것입니다.

학창시절은 공부를 먹고 의기에 사는 날들인 것 같습니다.

고등학교 졸업반 때 대학입학원서를 써 들고 날인을 받으러 교무실로 찾아간 일이 생각납니다. 당시의 기억으로는 고3 담임 선생님들만 계시는 교무실이 따로 있었던 것 같습니다. 그런데 교무실에 들어서자마자 선생님들의 표정이 영 범상치 않음을 느꼈습니다. 어느 대학을 가려고 하느냐는 등 물어야 마땅한데, 억지로 인상을 쓰시면서 "자식, 빈손으로 왔네"라고 말씀하시는 것이었습니다.

"어떻게 왔어?"

"원서 쓰러 왔습니다."

삶은 갈래 사랑은 하모니

"누가 써 준대?"

"……"

일순간 침묵이 흘렀습니다. 선생님들이 왜 그러시는지 영문을 몰랐습니다. 그래도 평소 가까울 수밖에 없었던 담임 선생님께로 다가갔습니다.

"선생님 원서 좀……"

"자아식, 그게 맨 입으로 돼?"

갑자기 얼굴이 화끈 달아올랐습니다. 지금까지 생각해 온 그런 선생님들이 아니었습니다.

'아니, 이럴 수가? 선생님들이 뭘 바라시다니……?'

머뭇머뭇하다 그냥 교무실을 나왔습니다. 집에 돌아가서 대학 안 간다고 외치며 벌렁 드러누웠습니다. 어머니가 화들짝 놀랐고, 자초지종을 말씀드렸습니다.

"아니, 우리 애가 학교에 갔다 오더니 대학 안 가겠다고 벌렁 누웠어요. 어찌된 일이에요?"

이번에는 선생님들이 놀라 화들짝 자리에서 일어났습니다.

"빈손으로 왔다고 농담 좀 했더니만……"

결국 대학은 갔지만, 졸업 이후 영영 담임 선생님을 뵈올 수 없었습니다. 좀 순진했던 탓에 내 깐에는 의기가 용솟음쳤지만…… 선생님들이 뭘 바라고 한 일이 아니라는 것을 왜 몰랐을까? 18살 수준의 생각이었습니다.

127

그 선생님이 얼마 전 정년퇴임하시고 우리 반 졸업생들을 부르셨습니다. 꼭 26년이 흘렀건만,

"○○○지?"

"예, 그렇습니다."

선생님은 정확히 기억하시면서 우리 학창시절의 여러 애기를 하셨지만, '대학원서 사건'은 꺼내시지 아니했습니다. 제자가 미안해할까봐 그러셨을 것입니다.

젊은이들의 의기를 통하여 세상은 변화돼 왔습니다. 가까운 광주학생운동이나 4·19 의거, 5·18 항쟁이 이를 뒷받침하며, 그들이 옳았음을 믿습니다. 아사무사한 사지선다형 답을 고를 때 처음 옳다고 찍은 답이 정답인 경우가 많듯이─고치면 오히려 오답인 경우가 많듯이─사회를 처음 접하는 젊은 시절에 느끼는 의기가 맞는 경우가 대부분이기 때문입니다. 그러므로 젊은이들은 사회 물을 마시기 시작하여 기성의 틀과 자신의 이해타산으로 의기를 나타낼 수 없을 때가 되기 전에 변화를 주도할 필요가 있습니다.

그러나 세상만사는 눈에 보이는 것이 전부는 아닙니다. 눈에 보이지 않는 것이 실체일 경우도 많습니다. 따라서 눈에 보이는 대로 의기를 일으킨다면 큰 낭패를 당하기 십상이고, 이 사회는 혼란스러워질 것입니다. 적어도 젊음뿐이 아닌 이성과 낭만을 갖춘 젊은이라면 실체를 느낀 후에 의기를 일으키는 것이 마땅할 것입니다.

삶은 갈래 사랑은 하모니

문(文)은 무(武)보다 강하다

요즘 TV의 주요 시간대에는 사극이 곧잘 등장합니다. 그만큼 시청자에게 장사가 잘 된다는 의미입니다. 그런데 세종대왕과 같은 성군보다는 왕건을 비롯하여 이성계, 세조, 최충헌 등 역사 변화를 위해 칼을 사용했던 인물들이 단골메뉴로 등장합니다.

무인들의 힘, 그리고 그들을 적절히 이용하는 주군…… 담당 PD는 그들을 통하여 오늘의 정치판을 꿰뚫기도 하고 비판의 쓴 목소리를 내뿜기도 합니다. 그리고 이를 보는 시청자들은 결과를 뻔히 알면서도 다시 한 번 가슴을 조이고 최후의 승자를 향해 응원을 보냅니다.

사극 중에서 무인들의 성향을 가장 잘 드러낸 것이 KBS의 '무인시대'인 것 같습니다. 이의방과 정중부, 이의민, 최충헌, 그야말로 강골 중의 강골들이요, 냉혈인들이 등장합니다. 이들에게는 나라와 백성을 생각할 시간과 마음의 공간이 없고, 오직 정권을 찬탈하거나 그렇지 못하면 죽음뿐이라는 동물적인 힘과 감각만이 있을 뿐입니다. 그리고 그들 앞의 문신들은 머리를 조아릴 뿐이요, 조정에서 다시 힘을 쓸 날은 요원하게만 느껴집니다.

그런데 유심히 보노라면 그 와중에서도 머리를 좀 쓸 줄 아는

참 인생 노니는 곳을 향하여

자가 승리한다는 사실을 알 수 있습니다. 칼을 좀 잘 쓰는 것보다는 인문적인 사고가 트여 있어서 사람을 끌 줄 알고 상황을 정확히 판단하며 시대의 흐름을 읽는 자가 승리하는 것입니다.

이런 연유에서일까? 사극의 현장에서 수백 년이 지난 지금에 이르러 이 진리는 더욱 확실히 증명되고 있습니다. 무인(武人)의 우두머리인 국방부장관은 이제 더 이상 무인들만의 자리가 아니요, 권력이 총구로부터 나오는 나라도 거의 사라지고 있습니다.

문(文)이 무(武)보다 강한 것입니다.

그런데 오늘날 우리 사회는 무인을 배척하는 경향이 팽배합니다. 전쟁을 겪지 않은 전후세대, 특히 2·30대는 군인을 무슨 동물보듯 하는 경향이 있습니다.

일부 정치군인을 보고 자란 탓일까요? 아니면 통제를 싫어하며 자기가 하고싶은 대로 다 하고 자란 탓일까요?

아무튼 이들 세대는 통일된 푸른 제복 자체에 거부감을 느낍니다.

무인이란?

어떤 사람을 말하는 것일까요?

무인을 싫어하는 사람들은 이 질문을 한 번쯤 던져보는 것이

삶은 갈래 사랑은 하모니

좋을 것입니다. 그런데 단지 제복을 입었다는 이유만으로 무인이라 부르는 것은 매우 어리석은 일입니다. 물론 제복은 단순과 통일을 보여주고 강한 힘을 상징합니다. 그리고 제복을 입음으로써 대화와 타협이 배제되고 명령과 복종에 길들여지며, 사극이 보여주는 것처럼 눈앞의 임무를 수행하기에 바쁜 것입니다.

그런데 근래의 직업군인들은 이런 무인형을 벗어나고 있습니다. 팝송을 들으며 고개를 끄덕거릴 줄 알고, 좀더 가정에 충실하며, 다방면에 걸쳐서 공부와 취미활동을 게을리하지 아니합니다. 재테크도 하며 자녀에게 바이올린도 사주고 사랑의 대화를 나누기도 합니다. 업무에 충실하지만 인문적인 사고를 가진 이런 사람들을 향하여 무인이라 부르는 것이 과연 타당할까요?

아닙니다. 무인은 몸에 제복을 걸친 사람이 아니라 그 마음에 오직 제복만을 간직한 사람입니다. 오직 단 하나만을 배워서 생각이 단순하고 저돌적이며 자신의 주장을 좀처럼 굽힐 줄 모르는 사람들을 일컫는 것입니다.

그런데 매우 불행하게도 오늘날의 우리 사회는 점점 무인화되어가고 있습니다. 자신의 전공에만 집착하여 타 세계를 볼 줄 모릅니다. 이와 같이 남의 세계는 알 바 아니고 자신의 분야에 독선으로 흐른다면 삶의 갈래는 더욱 더 심화될 것입니다. 이는 주군을 중심으로 칼싸움을 벌이는 자들과 조금도 다르지 아니합니다.

131

참 인생 노니는 곳을 향하여

어떤 친목모임에서 노래자랑을 한다고 가정해 봅시다. 그 모임의 노래자랑을 알차게 주도할 수 있는 자는 그 중에 있을지도 모르는 음악 전공자가 아닙니다. 음악을 잘 모른다해도 구성원의 성격을 파악할 줄 알고 분위기를 띄울 수 있는 자가 모임을 사랑의 하모니로 만들 수 있습니다. 만약 음악 전공자가 분위기를 이끌 수 있는 인문적인 사고를 가졌다면 금상첨화이지만, 그렇지 못하다면 그는 무인에 불과합니다.

가족에게 맛있는 음식을 제공할 수 있는 사람 역시 요리사 자격증을 가지고 있는 주부가 아닙니다. 우리는 끓는 물에 찬밥을 말아 묵은 김치 하나만 놓고 먹어도 꿀맛이었던 때를 누구나 경험하고 있습니다. 가족 개개인의 입맛과 최근에 먹었던 음식, 그 밖의 환경적 상황을 잘 파악하면 한두 가지 반찬만으로도 풍성한 식탁을 만들 수 있습니다. 만약 이런 인문적인 사고를 가진 자가 요리사 자격증을 취득하면 가족을 살찌우겠지만, 솜씨만 자랑하는 주부라면 음식재료만 낭비하는 무인이 될 것입니다.

이런 측면에서 무인이란 자신의 전공에만 지나치게 빠져 있는 자들을 말한다고 단언하고 싶습니다. 평생을 직업군인으로만 살아온 이들은 오로지 군대밖에 모르고, 모든 이치를 그것에 비추어 적용시키려 듭니다. 정치인은 정치인대로, 근로자는 근로자대로, 상인들은 상인들대로 시간이 흐를수록 자신의 분야만이

삶은 갈래 사랑은 하모니

보이고 편협한 사고가 증가할 뿐입니다. 즉, 어떤 사람이 자신의 직업이나 학문에만 오래도록 깊게 정진하고 다른 분야를 소홀히 한다면 결국 무인화되는 것입니다.

이를 역설적으로 생각하면, 학문이나 직장에서 실패하여 이곳저곳 기웃거린 사람들이 오히려 사회와 인생을 보는 철학이 넓고 깊을 수 있습니다. 어쩌면 이들이야말로 문인의 의식을 갖고 살아가는 진정한 의미의 인생 성공자입니다.

'실패는 성공의 어머니'라는 명언이 있습니다. 자신의 실패를 거울삼아 더욱 열심히 노력하면 반드시 성공할 것입니다. 그리 아니 될지라도 실패를 통하여 진정한 삶을 깨닫는 인문적인 사람이 된다면, 그는 최후의 승자임이 틀림없습니다.

이 사회가 무인화되는 이유는 무엇일까?

이 사회가 다양한 지식을 습득한 사람보다는 고도의 전문지식을 갖춘 사람을 요구하기 때문에, 많은 사람들이 교양교과보다는 취직을 위한 전공심화학습에 열을 올리고 있기 때문입니다. 또한 앞뒤 살펴볼 겨를도 없이 뛰어야 하는 우리네 직장인들의 타이트한 일상생활 덕분이기도 합니다. 옛날 천지를 진동하던 말발굽 소리나 요즘 지하철 계단을 뛰어다니는 구둣발소리나 처절한 싸움을 알리는 무인들의 소리입니다.

참 인생 노니는 곳을 향하여

　이런 무인들이 사회에서 꼭 필요한 자로 두각을 나타낼 수
는 있습니다. 그러나 이 무인들의 다양한 삶을 하나의 하모니
로 엮어 사랑을 풍미하는 일은 문인들만이 할 수 있습니다.

작전에 실패한 지휘관은 용서받을 수 있어도

군대를 가기 싫어하는 남자들도 일단 입대한 이후에는 빠르게 적응하며 새로운 생을 즐기게 됩니다. 힘든 나날 속에서도 감동적인 일과 뜻하지 않은 일들이 많이 일어나기 때문입니다. 그리고 이 남자들만의 세계에서는 어떤 농담이나 장난이 시작되면 브레이크 고장난 차량처럼 끝(?)없이 굴러갑니다. 아무튼 군대는 사회에서 생각하는 것보다는 훨씬 재미있고 정신과 육체를 건강하게 만드는 곳입니다.

물론 어려운 일들도 많습니다. 그 중의 하나가 야간 경계근무인데, 가장 괴롭고 지루하고 누구나 하기 싫어하는 일입니다. 특히 북풍한설 몰아치는 최전방 한겨울 밤의 경계근무는 발을 동동 구르게 만듭니다. 옷을 입고 또 껴입어 마치 미이라 같은 모습을 해도 추위는 매섭게 틈을 헤집고 들어옵니다.

소대장으로 부임하여 순찰을 처음 나갔을 때, 하나같이 남쪽을 향하여 서 있는 초병들을 보고 깜짝 놀랐던 적이 있습니다. 간첩이나 무장공비가 내려온다면 당연히 북쪽에서 내려올 것이므로 북쪽을 향해 서 있어야만 했기 때문입니다. 그런데 그들은 휘몰아치는 겨울 바람에 도저히 눈을 뜰 수 없어서 뒤

참 인생 노니는 곳을 향하여

돌아 서 있었던 것입니다.

나는 부하들을 북쪽으로 돌아 세우며 장교후보생 시절에 들었던 훈시를 말해주었습니다.

"너희들이 힘든 줄은 안다. 그러나 경계는 전쟁의 승패를 가늠하는 매우 중요한 요인이다. 그래서 제2차 세계대전을 진두 지휘했던 맥아더 장군도 '작전에 실패한 지휘관은 용서받을 수 있어도 경계에 실패한 지휘관은 용서받을 수 없다'고 말했다. 지금 얼어붙는 추위 속에서도 경계에 임하는 너희들 때문에 고향의 부모형제를 비롯한 삼천만 국민이 따뜻한 잠을 잘 수 있다는 사실을 명심하기 바란다."

부하들에게 '작전에 실패한 지휘관은 용서받을 수 있어도 경계에 실패한 지휘관은 용서받을 수 없다'는 말을 해 주면서도, 그 말의 의미를 깨닫기까지는 적지 않은 시간이 흐른 뒤였습니다.

'왜 그럴까? 경계가 그만큼 중요하니까 그런 것이 아닐까? 아니지. 작전은 뭐 중요하지 않나. 작전에 실패해도 전쟁에 지는 것은 매일반 아닌가?'

훗날 나는 이렇게 정의를 내렸습니다.

'중요하기는 작전이나 경계나 매일반이다. 그런데 작전의 성공여부는 상대적이다. 아군이 아무리 작전을 잘 세워도 적의 작전이나 화력이 더 우세하면 질 수 있기에 지휘관이

면책받을 수도 있다. 그러나 경계는 침투하는 적에 비하여 아군의 병력이나 화력이 수십 배 이상 우세한 조건에서 행해지는 것이다. 즉, 정해진 경계근무 수칙만 잘 지키면 실패할 수 없는 일이기에, 경계에 실패한 지휘관은 용서받을 수 없는 것이다.'

인생을 살면서도 경계는 작전보다 중요시되어야 합니다. 아무리 공부를 열심히 해도 대학입시에서 떨어질 수 있습니다. 입시생 서로 간의 상대성에 의해 반드시 실패하는 학생이 나올 수밖에 없기 때문입니다. 많은 자본을 들이고 열심히 일해도 사업에 실패할 수 있습니다. 더 우수한 다른 사업자가 나타나거나 사업환경이 갑자기 변할 수도 있기 때문입니다. 직장에서 늦게까지 일하고 상사에게 부단히 잘 보이려고 노력해도 승진에서 탈락할 수 있는 것 역시 동료 직원 간의 상대성이 존재하기 때문입니다.

그러나 경계는 그렇지 않습니다. 현재 갖고 있는 실력이나 자본을 기초로 하여 원칙대로 잘 지키기만 해도 실패하지 않습니다. 그럼에도 불구하고 경계를 제대로 하지 못하여 집안이 갈래갈래 찢어지고 나라가 혼돈의 나날을 걷는 경우가 왕왕 있습니다. 우리네 부모들이 안 먹고 안 쓰고 재산을 물려주었더니 사업한답시고 한순간에 날려버리는 자식들이 있고, 나라의 근간이 되는 기업을 하루아침에 부도내는 재벌 2세들

참 인생 노니는 곳을 향하여

이 있습니다. 뿐만 아니라 전쟁의 폐허 위에서 선진국 문턱에 이를 정도로 발전한 조국을 IMF에 맡기거나 경쟁력 없는 나라로 만들어버린 정권도 있습니다. 다 경계에 실패한 용서받지 못할 지휘관들입니다.

사람이 잘 알지 못하는 미지의 세계를 향하여 나갈 때, 작전을 제대로 계획하고 수행하지 못하여 실패하는 것은 어쩌면 연약한 인간의 당연한 결과입니다. 그러나 이미 성취된 결과물을 잘 경계하지 못하여 실패하는 것은 자업자득이요, 지탄받아 마땅합니다.

인생의 모습이 여러 갈래요, 고난의 가시밭길을 쉬이 헤쳐나가지 못하는 연약한 우리들이지만 가문의 전통을 경계하고, 나라의 정통성을 훼손하지 않으며, 옳다고 여기는 믿음을 상실하지 아니하면 사랑의 하모니는 계속될 것입니다.

한국인은 사회적 동물이다

삼천리 반도 금수강산이라는 말을 사전에서 지우기라도 할 듯, 요즘 우리의 산들은 마구 파헤쳐지고 있습니다. 전망이 좋은 곳이면 어김없이 숙박업소나 식당이 들어서고, 우리의 등줄기와 같은 태백산맥조차 마구잡이 개발로 인하여 볼썽 사납게 변해가고 있습니다. 한 번 파헤쳐진 산야는 영원히 되돌릴 수 없는데도 말입니다. 그래도 다행인 것은 우리나라 사람들이 그리 전원생활을 즐기지 않는다는데 있습니다. 어떤 이익을 위한 것이 아니라면, 전원을 동경하는 만큼 그곳에 살려고 하는 사람이 많지 않습니다. 돈벌이를 위해서 시골에 땅도 사고 펜션도 짓는 것이지, 사실 도시에 살다가 시골에 터 잡고 사는 사람은 극소수에 불과합니다. 아니 서울에서 태어나 줄곧 서울에서 살아온 사람들은 지방의 소도시로 잠시나마 전근되는 것조차 감당하기 싫어합니다. 혹 찌든 도시생활에 염증을 느껴 시골을 찾은 사람들도 몇 년 가지 아니하여 답답함을 느끼고, 다 좋은데 자식 교육이 문제니 어쩌니 하면서 되돌아갑니다.

다 핑계에 불과하지요. 매스 미디어의 발달로 시골에서도 얼마든지 도시 못지않은 교육을 받을 수 있으며, 오히려 시골

참 인생 노니는 곳을 향하여

에서만 배울 수 있는 교육이 많이 있다는 것을 생각해 보면 더욱 그렇습니다. 진정 시골의 전원생활이 좋다면 자식들을 위해서라도 그 생활을 접을 수는 없을 것입니다.

인간은 사회적 동물입니다. 혼자 사는 것보다는 군락을 이루며 살고 싶어합니다. '말은 제주도로 보내고 사람은 서울로 보내라'는 속담이 보여주듯, 한국인은 특히 사람과 사람이 많이 부대끼는 사회에서 살고 싶어합니다. 그래서 자연은 동경의 대상이 될 뿐 삶의 정착지는 되지 못합니다.

잠시 도시를 떠나 자연을 찾을 때도 자연을 즐기지 아니하고 또다른 사회를 만듭니다. 관광지에서도 음주와 가무, 화투놀이가 없다면 뭔가 흥이 나지 않는 한국 사람들입니다. 아름다운 경관을 마음에 담는 것보다는 육신을 채우고 즐기는데 정력을 쏟는 사람들입니다. 오죽하면 옛 선인들조차 금강산도 식후경이라 했겠습니까? 요즘은 산과 계곡에서의 취사가 금지되어 있지만, 어른들은 삼겹살을 구우면서 화투놀이하고 아이들은 가까운 곳에서 물장구 치는 모습이 참으로 아름답게 느껴질 때가 있습니다. 배낭 메고 지나치는 사람들이 "고스톱 치러 여기 왔나?" 빈정대며 던지는 말이나 "아, 참 경치 좋다" 하는 말들이 가식으로 들리기조차 합니다. "그래도 관광의 맛은 먹고 마시며 떠드는데 있어" 하는 말이 직접적으로 가슴에 와 닿는 우리들입니다.

삶은 갈래 사랑은 하모니

월드컵이 열리면, 축구경기 자체를 즐기지 아니하고 광화문 네거리에서 함성을 지르며 응원하는 맛을 더 즐기는 우리들입니다.

사실 한국인은 찌든 도시의 삶을 즐길 줄 아는 사람들입니다. 촌음을 다투는 출퇴근이나 일터에서의 업무를 즐기며 삽니다. 서울의 야경을, 콘크리트 더미의 빌딩들과 차량 헤드라이트의 불빛들을 자연이라고 여기며 살아갑니다. '이웃 사촌'이라는 말도 실상 따지고 보면 사회를 중시하는 데서 생겨난 말 같습니다. 멀리 있는 친척, 곧 자연이라 할 수 있는 혈육보다는 가까이에서 인간에 의해 이루어진 사회적 관계를 맺고 사는 이들을 더 사랑하며 살고 있습니다.

삼천리 금수강산이 그래도 이나마 유지되는 것은 자연과의 관계보다 인간과의 관계에 더 즐거워하는 우리들의 심성 때문이 아닐까 생각합니다.

참 인생 노니는 곳을 향하여

소설은 극적인 반전, 드라마는 평범할 수 없을까?

두 여자를 아내로 둔 남자가 있다. 그 남자는 양쪽 집을 오가며 살림을 꾸리고, 두 여자는 서로를 원망하며 속을 끓인다. 뿐만 아니라 각각 고등학교 3년생인 딸 하나씩을 두고 있는데 성격이나 생활태도가 판이하다. 큰집의 불량스러운 딸은 미인대회 입상을 꿈꾸고 있고 작은집의 딸은 참하고 공부를 잘하는 모범학생이다. 어느 날 큰집 딸이 미인대회를 나가려고 작은집 딸을 꼬드겨 서울로 상경한다. 큰집 딸은 미인대회에서 떨어지지만 작은집 딸은 우연히 대학졸업반인 한 남자를 만나서로 사랑을 느끼기 시작한다.

학교에 새 임시 담임 선생님이 부임하는데, 바로 그 대학생이다. 선생님과 제자(작은집 딸) 간에 사랑은 깊이를 더해 찾아들고, 술집에 감금된 큰집 딸은 선생님의 도움으로 무사히 구출되어 각 방이지만 한 여관에 투숙한다.

겨우 3회 째 방영중인 모 아침드라마가 벌써부터 시청자의 마음을 사로잡습니다. 흥미진진하게 시작하고 있지만 방영이 끝날 때까지 심히 가슴을 졸여야 될 것 같습니다.

142

‘이 드라마를 계속 봐야 되나 말아야 되나…….’

누군가 한 번쯤 이런 생각을 해 본 경험이 있을 것입니다. 재미는 있을 성싶은데 한 번 보기 시작하면 다음 회까지 기다리느라 일손이 잡히지 않는 날들이 많을 것 같고, 또한 마지막회 직전까지 착한 주인공이 악한에게 공격받는 모습이 계속되리라는 생각에 오랫동안 괴로워질 것 같기 때문입니다.

그래서 드라마 시간이 되어 채널을 돌리면서 ‘이 드라마까지만 보고 새로 시작하는 드라마는 보지 말아야지’라고 생각합니다. 그렇지만 TV에서는 다음 드라마를 아니 보게끔 가만 놔두지 않습니다. 마지막회가 가까워지면 아주 그럴듯한 예고편을 방영하기 때문입니다.

평범하고 재미있는 드라마는 없을까요? 채널을 찾아 돌릴 수 있으면서도 애타서 기다리지는 않을 정도……. 좀 바쁘면 한두 번 정도 건너뛰어도 되는 드라마 말입니다. 드라마라 할 수 있을지 모르지만 ‘전원일기’ 따위가 그런 것 같습니다. 꼭 기다렸다가 보지는 않지만 일단 TV를 켜면 다른 어느 것보다도 보고 싶은 프로그램이기 때문입니다.

TV의 다양한 채널에 재미있는 프로가 쏟아지면서 소설 읽는 것도 뜸해진 현대인들입니다. 혹자는 우리 국민이나 책을 안 보지 이웃인 일본만 하더라도 한 달에 십 수권의 책을 읽는다고 말합니다. 과연 그럴까요? 그네들이 주로 읽는 책이 무엇인

143

지 생각이나 해 봤는가요? 많은 시간이 소요되는 전공서적은 차치하더라도 하룻밤은 족히 새워야 할 장편소설 정도는 되어야 하지 않을까요? 그러나 그들이 일상적으로 여유 있는 시간이나 출퇴근 시간에 보는 책은 신문이나 말초신경을 자극하는 잡지라고 합니다. 한 10여 분이면 다 볼 수 있는, 별 유익이 되지 않는 그런 책들을 많이 본다고 독서를 많이 하는 나라라고 찬사를 보내고 싶지는 않습니다. 차라리 우리네처럼 팔짱 낀 채로 지긋이 눈을 감고 잠이나 자는 편이 나을 것입니다.

하루하루가 바쁘고 고달픈 현대인들은 소설책 한 권 읽는 것도 쉽지 않습니다. 웬만큼 재미있고 극적인 반전이 없는 한 1/3쯤 읽다가 잠이 들고, 주인공이 누구인지 아물아물해질 때라야 다시 펴보곤 합니다. 그래서 소설은 하룻밤에 완전히 독파할 수 있을 정도의 내용이면 좋겠습니다. 아무리 책을 가까이 하지 않는 사람이라 할지라도 한 번 읽기 시작하면 멈출 수 없을 정도로 반전에 반전을 거듭하는 내용이었으면 좋겠습니다.

소설이나 TV 드라마나 극적인 반전이 계속되어야 대중들에게 어필될 수 있습니다. 그런데 소설이 독자들에게 하루 이틀 밤만에 결과를 알려주어 독자들의 속앓이(?)를 적게 하는 반면에, TV 드라마는 일 년 이상을 넘기는 것이 다반사라 할 수 있습니다. 어찌 생각해 보면 우리 몸의 엔돌핀이 생성되게 하는 드라마가 장기간에 걸쳐 진행됨으로써 시청자들을 오랫동안

애태우는 역설적인 일을 감당하고 있는 것입니다. 특히 아침부터 복잡하게 얽히고설킨 드라마를 보노라면 하루 종일 기분이 좋지 않습니다.

'극적인 반전이 계속되는 소설과 평범한 드라마?'

작가들이 애초부터 책으로만 읽힐 소설과 드라마로 내보낼 소설을 구분하여 써야 가능한 일인데, 현실적으로 불가능한 일입니다.

참 인생 노니는 곳을 향하여

체력은 국력, 국력은 체력?

하던 사업을 정리하고 막상 뭘 할지 감도 안 잡히는 상태에서 자식들 공부 좀 봐주고 있습니다. 초등학교 6학년인 작은딸은 머리도 괜찮고 집중력도 있어 그럭저럭 성적이 괜찮으나, 고2생인 큰딸은 체육 특기생인지라 공부하고 담을 쌓은 지 꽤 오래되었습니다.

그러나 오르고 또 오르면 못 오를 리 없다하는 선진들의 말을 철석같이 믿고, 큰딸에게 회유와 닦달을 적절히 섞어가며 공부를 시키고 있습니다. 물론 처음부터 여러 과목을 봐 줄 수는 없는 노릇이고 하여, 한두 과목만 손을 대었습니다.

그런데 얼마 지나지 않아 내 생각이 기우였음이 드러났습니다. 학문이라는 것이 과목마다 서로 연관성이 있어 다함께 앞서거니 뒤서거니 하며 성장하는 것이지, 한두 과목만 집중하여 성적을 끌어올린다는 것은 애초부터 불가능한 것이었습니다. 역사를 설명하자니 국어가 필요하고, 국어를 익히자니 한문이 필요한 식입니다. 그것은 우리 몸의 팔, 다리 같은 모든 지체가 함께 자라는 것과 같은 이치입니다.

그래서 가르침에 변화를 주어 보았습니다. 한두 과목에 집

삶은 갈래 사랑은 하모니

중하되 여러 분야를 자연스럽게 접하도록 내버려두었습니다. 교육이라는 것이 선생님이나 부모가 전담할 수 있는 영역이 아니라는 생각 때문이었습니다. 아이들은 그들끼리 놀면서 배우고, 싸우면서 익히며, 여러 자연현상을 보며 스스로 깨닫기도 하며 자란다는 사실을 적용한 것입니다. 아마 큰딸은 지금도 운동장에서 달음박질하며 수학도 배우고 국어도 익히며 철학적 사고를 키울 것입니다.

나의 큰딸은 엘리트 체육에 속해있지만 사회체육 수준에 머무른 아이입니다. 세계의 많은 권력자들이 그랬지만 우리나라도 엘리트 체육을 집중 육성하여 국력의 잣대로 삼던 때가 있었습니다. 그러다가 민주화가 이루어진 이후 엘리트 체육이 우선이냐 사회체육이 우선이냐를 논하기 시작했습니다. 많은 사람들은 국위선양을 위해서는 엘리트 체육이 필요하고 국민건강을 위해서는 사회체육이 우선이라는데 토를 달지 않습니다.

그런데 국민이 먹고살 만한 요즈음 엘리트 체육을 지원하는 추세가 급감하고, 거기에 편승하듯 엘리트 체육이 정부로부터 따돌림을 당하고 있습니다. 학교에서의 훈련 예산 자체가 형편없고, 올림픽에서 메달을 땄을 때 주어지는 연금도 수십 년 전보다 늘기는커녕 오히려 줄었다고 합니다. 그래서 그런지 요사이 열리고 있는 제28회 그리스 아테네 올림픽을 보는 국민들은 과거보다 못한 우리 선수들의 기량과 투지에 혀를 끌

참 인생 노니는 곳을 향하여

끌 차고 있습니다.

과거 올림픽은 우리 선수들의 선전이 온 국민의 밤잠을 설치게 만들었습니다. 각 종목에서 열심을 다한 선수들과 투자를 아끼지 아니한 사회의 노력이 그대로 현장에서 나타났기 때문입니다. 국력이 미미하던 시절, 금메달 한 개도 따내지 못했던 그 때 그 시절에도 각 종목에서 메달을 향해 약진하던 선수들의 투혼에 우리는 울고 환호했습니다. 그리고 그것은 우리 아이들이 골목골목에서 공을 차고 뜀박질하는 사회체육으로 저절로 거듭났습니다.

그런데 이번 올림픽은 볼 것이 없다고 합니다. 어찌되었건 금메달을 9개나 따내 세계 9위의 성적을 냈지만 모두들 그렇게 얘기합니다. 여자 핸드볼을 제외하고 웬만한 구기종목들이 초반에 우수수 떨어졌고, 여타 종목도 너무나 어이없게 패한 경우가 많았기 때문입니다. 올림픽의 중반이 지나도 TV에서 우리나라 선수들의 경기를 내보낼 것이 마땅찮아 타국 경기 장면을 내보내고 있을 정도니 그럴 만도 합니다.

체력은 국력이라고 합니다. 그리고 이 말은 의미상으로는 사회체육을 의미하지만 실제로는 엘리트 체육에 많이 사용됩니다. 그것은 엘리트 체육이 사회체육을 선도하는 위치에 있기 때문입니다. 지금도 여전히 엘리트 체육에서 1, 2위를 차지하는 국가가 국력에서도 1, 2위를 차지하고 있습니다. 그 정도

수준은 아니라 할지라도 어느 나라이건 엘리트 체육이 급성장할 때가 곧 국력이 급성장할 때임을 역사는 보여줍니다.

　이런 측면에서 엘리트 체육에 좀더 많은 투자가 이루어지는 사회적 분위기가 필요합니다. 이번 올림픽 때 TV에서 얼핏 들은 바로는 금메달 한 개가 500억 원 이상의 광고효과를 가져온다고 합니다. 결코 밑지는 장사는 아닙니다. 뿐만 아니라 국민에게 기쁨을 주고 단결과 화목을 가져다준다는 의미에서 무한한 가치가 있습니다.

　또한 엘리트 체육은 사회체육의 활성화를 가져옵니다. 1980년대까지 축구가 유행하다가 1990년대 들어 길거리 농구가 유행하기 시작한 것은 TV에서 미 프로농구의 화려한 기술을 자주 선 뵌 때문입니다. 우리 선수가 어느 종목에서 올림픽 금메달을 따면 국내에서 그 종목의 인구저변이 확대되고, 국민전체가 스포츠와 자기 건강에 관심을 쏟게 됩니다. 이 때 국가나 여타 시민단체에서 조금만 조직적인 사회체육 프로그램을 제공하면 그야말로 두 마리 토끼를 다 잡게 될 수 있습니다.

　반면에 스포츠에 관심이 없는 국민을 억지로 사회체육으로 내모는 것은 많은 투자에 비해서 실현 가능성은 매우 낮다고 할 수 있습니다.

　체력은 국력이라고 말하지만 국력을 체력이라고까지는 말할 수 없습니다. 수학의 집합으로 표시하면 체력≠국력·체력⊂국력이라는 의미입니다. 그런데 국력을 체력이라고 말할 수는 없다 할지라도 국력은 체력으로 나타난다고 말할 수 있습니다.

몇 년 전 동계 올림픽에서 미국의 오노 선수의 반칙으로 인하여 우리 선수가 금메달을 놓친 적이 있습니다. 이번 아테네 올림픽에서도 체조의 양태혁 선수가 심판의 오심으로 인하여 다 잡은 금메달을 놓치고, 여자 핸드볼에서도 심판의 편파적 판정을 받았습니다. 미국 선수가 심판의 편파적 판정을 받았다는 애기를 전혀 들은 바 없는 우리로서는 엄연히 국력의 차이임을 인정하지 않을 수 없습니다.

또한 올림픽 종목을 세밀히 살펴보면 대부분이 서양에서 시작된 것임을 알 수 있습니다. 서양이 국제 스포츠를 이끌어 온 까닭입니다. 지금도 올림픽 종목은 때와 장소에 따라 조금씩 가감이 이루어지고 있는데, 국제적으로 입김이 센 나라들의 종목들이 새롭게 채택되고 있습니다. 예를 들어 물 속에서 연기하는 싱크로나이즈드 스위밍 같은 종목은 우리의 태권도보다 국제적으로 훨씬 덜 알려지고 선수들도 적지만 먼저 올림픽에 채택되었습니다. 뿐만 아니라 육상이나 수영·사격 등은 거리마다 금메달이 한 개씩 걸려 있지만 우리가 잘하는 양궁은 거리에 관계 없이 단 한 개에 불과합니다. 만약에 동양의 고유 종목들이 올림픽에 채택된다면 세계 스포츠의 판도는 여지없이 요동칠 것입니다.

물론 그렇다고 국력을 키워 막무가내로 밀어붙이거나 심판을 매수해야 한다는 뜻은 아닙니다. 우리의 국력이 자라면서 스포츠에 대한 관심이 비등해지고, 각종 대회를 유치하거나 각 종목마다 자연스럽게 임원이나 심판진에 포진하면 불이익을 당하지 않는다는 뜻입니다.

체력은 곧 국력이요, 국력은 체력으로 나타납니다.

스포츠는 환희·눈물·절규·감격을 동반합니다. 이번 아테네 올림픽에서는 유도의 한판승의 사나이 이원희 선수, 결승에서 강력한 뒤후리기로 KO를 엮어낸 태권도 문대성 선수, 그리고 결승에서 덴마크와 2차 연장전까지 가는 사투를 벌인 끝에 PK로 패한 여자 핸드볼이 가슴을 졸이게 했습니다.

핸드볼 경기를 중계하는 KBS 2TV 아나운서의 절규에 가까운 목소리를 들어봅니다.

"국민 여러분! 이곳 아테네는 덴마크 응원단으로 꽉 차 있습니다. 한국은 새벽이겠지만 주무시지 말고 끝까지 응원해 주셔야 되겠습니다 …… 아아, 막아야만 됩니다. 막아야만 됩니다 …… 아아, 국민 여러분! 1분 남았습니다. 어떻게 될 것 같습니까? 여러분! 이길 수 있을 것 같습니까? 아아, 국민 여러분! 마음을 모아 주십시오 …… 아, 졌지만 금메달 이상으로 정말 잘 싸웠습니다. 아, 울음을 터뜨리는 우리 선수들, 울지 마세요. 울지 마세요."

스포츠는 마약과 같은 것입니다. 한 번 빠지면 헤어나기 힘

들다는 뜻입니다. 축구광들은 월드컵 지역 예선이 시작되면서
부터 본선이 모두 끝날 때까지 1년이 넘게 마음을 완전히 빼
앗깁니다. 그래서 성적이 좋으면 그 기분에 들떠서 일상생활
의 리듬을 찾지 못하고, 뜻하지 않게 자국팀이 일격이라도 당
하는 날이면 두고두고 허탈해 합니다. 이와 같이 광적인 것은
체력이 국력으로 이어지는 것이 아니라 오히려 그 반대로 이
어지게 마련입니다. 중남미의 여러 나라들이 그 좋은 예라 할
수 있습니다. 그러므로 평소에 착실히 준비하는 것은 좋지만,
경기 때의 뜨거운 마음은 한시바삐 냉정한 머리와 일상으로
돌아가야 합니다. 체력이 국력으로 이어지려면 말입니다.

법이라는 톱니바퀴, 사랑이라는 굴렁쇠

2002년 대통령 선거에서 대법관 출신인 한나라당 이회창 후보는 대쪽이라는 별명이 보여주듯 법치를 강조하였습니다. 그동안 법치(法治)보다는 인치(人治)로 이루어져 온 이 나라이기에, 당시 이 후보의 법치주의는 상당한 호응을 얻었습니다.

비록 정치인이 아니라 할지라도 유난히 법을 강조하는 사람들이 있습니다. 이 세상이 잘 굴러가려면 법을 잘 지켜야 되고, 잘못된 것은 법대로 처리해야 된다고 말하는 사람들입니다.

법은 사람이 자연인으로서 또한 사회의 구성원으로 살아가는데 꼭 필요합니다. 많은 사람들이 개인의 자유를 누리면서도 더불어 행복하기 위해서는 질서가 유지되어야 하고, 그러기 위해서는 강압적인 방법도 동원될 수 있어야 합니다. 그러므로 이 사회에 법이 반드시 필요하다는데 공감하지 않을 사람은 아무도 없습니다.

그런데 만사가 법으로 해결될 수는 없습니다. 모든 사람들이 법대로 살아야 한다는 데에는 이의가 없지만, 모든 법규 위반을 법대로 처리해야 이 사회가 잘 굴러간다는 말에는 동의할 수 없습니다. 왜냐하면 법은 톱니바퀴와 같은 것이기 때

참 인생 노니는 곳을 향하여

문입니다. 톱니바퀴는 톱날과 톱날이 잘 맞물려져야만 하고 한 치만 어긋나도 돌아가지 아니합니다. 마찬가지로 인간의 법이 한 치 오차도 없이 만들어져야 하고, 또한 그 아래 있는 우리들이나 각종 조형물들이 정확히 순종해야만 세상이 돌아갈 수 있다는 얘기가 됩니다.

그런데 인간은 톱니바퀴처럼 그렇게 완전한 존재가 되지 못합니다. 그리고 완전하지 못한 인간이 만든 법, 역시 불완전할 수밖에 없습니다. 인간의 법은 때로는 누구든지 걸려들 수밖에 없는 촘촘한 그물이 되기도 하고, 때로는 누구나 빠져나갈 수 있는 구멍이 뚫리기도 합니다. 톱날과 톱날이 정확히 맞물리지 못한 결과입니다. 그러므로 우리가 사는 이 곳이 법대로만 처리하는 세상이 된다면 법이 없는 것보다도 못한 아비규환의 사회가 될 것입니다.

사랑은 처벌에 목적이 있지 않습니다. 사랑은 오래 참고, 사랑은 온유하며, 사랑은 불의를 기뻐하지 아니하고, 함께 기뻐할 수 있는 사회를 만듭니다.

'88 서울올림픽 개막식은 한국인의 냄새가 물씬 풍겨난 행사였습니다. 개막식을 본 외신 기자들이 지나치게 한국적이었다고 말할 정도로 말입니다. 너무나 예상 밖이어서 깜짝쇼를 방불케 한 성화 점화식, 웅대한 차전놀이, 이어서 찾아온 고요와 적막 속에 한 소년의 굴렁쇠 굴리기 등 하나하나가 올림픽의 의미와 민족의 호흡이 담겨 있었습니다.

수만의 관중들로 가득 찬 메인 스타디움에 한 소년이 굴렁쇠를 굴리며 나올 때, 이를 본 전 세계 시청자들은 무엇을 생각했을까요? 올림픽조직위원회 연출진의 의도와는 다르다 할지라도 제각기 좋은 방향으로 생각했을 것입니다.

어떤 사람은 굴렁쇠처럼 사랑으로 잘 굴러가는 세계를 보았다고 말합니다. 굴렁쇠는 톱니바퀴가 없습니다. 사랑이 그런 것입니다. 아무 힘도 없고 아무런 제약도 가할 수 없는 것처럼 보이지만 모든 곳에 갈 수 있고 모든 것을 할 수 있는 것이 사랑입니다. 그러므로 이 세상에 꼭 필요한 법도 사랑이라는 바탕 위에 서 있어야 합니다.

사랑이라는 측면에서 법을 지켜야 하고 사랑의 측면에서 법을 집행해야 합니다. 개개인은 남을 사랑하는 마음으로 법을 지키려 하고, 이미 법을 어긴 자에게는 용서와 이해의 관점에서 집행해야 된다는 말입니다. 그렇지 아니한 법은 서로 잘 맞물려지지 아니하는 톱니바퀴처럼 이 세상을 멈추게 하고 파열되게 만들 것입니다.

요즘은 길거리에 침만 뱉어도 벌금형을 선고받습니다. 그 정도는 법을 만들지 아니하고 계몽만 잘해도 된다는 의견도 있고, 환경이나 위생적인 측면에서 보다 더 강한 법으로 다스려야 한다는 말도 있습니다. 그런데 그런 것을 떠나서 그 법률이 제정될 때 사랑이라는 마음이 들어갔느냐가 중요합니다. 사랑이라

155

는 마음이 들어갔다면 아무 문제가 될 것이 없습니다. 법을 집행할 때도 사랑이라는 측면에서 할 수 있기 때문입니다.

마라톤 선수가 헉헉거리며 달리다 침을 뱉었다고 합시다. 사랑이 없는 법이라면 당연히 벌금을 물려야 됩니다. 법을 제정할 때 불가피한 경우는 지키지 아니해도 된다고 법에 명시할 수는 없기 때문입니다. 그런데 그런 것까지 실제로 벌금을 물린다면 이 사회가 어떻게 되겠습니까?

그러므로 법에는 그 바탕에 사랑이 깔려 있어야 됩니다. 법을 집행하는 자가 법의 제정된 목적을 잘 고려하여 집행할 수 있도록 하고, 아울러 법을 어긴 자도 향후 사회에 이바지할 수 있도록 해야 합니다.

아주 오랜 옛날.

씨족이 옹기종기 모여 살던 때는 지금과 같은 사회법이 필요하지 않았습니다. 양심과 도덕만으로 어느 정도 질서가 유지되었기 때문입니다. 인구가 급격히 늘어나기 시작한 이후에 먹고사는 문제와 질서가 현안으로 등장하자 법이 필요했을 것입니다. 그러나 절대 왕정은 또다른 인류파괴를 가져왔고, 프랑스 혁명과 같은 시민혁명으로 법치주의의 세계가 이룩되었습니다.

그런데 법치주의는 이 사회에서 가장 기본적이면서도 초보적인 것, 곧 어린아이와 같은 것입니다. 우리가 어렸을 때에는 말하는 것이나 생각하는 것이나 행동하는 것이 다 어린아이 같았으나 장성한 이후로는 그런 것들은 다 버리게 됩니다. 마찬가지로 좀더 성숙된 사회는 인간이 만든 톱니바퀴 같은 법의 잣대를 품어버리고, 사랑이라는 굴렁쇠로 굴러가는 사회를 말합니다.

'법 없이 살 수 있다'라는 말은 어떤 사람이 너무 선함을 일컫는 말입니다. 그런데 이 말이 사랑과 용서의 측면을 강조하는 말이 된다면 얼마나 좋을까요?

동양의 사회는 법치보다 인치가 성숙된 사회입니다. 한 사람의 고집이나 인맥으로서의 인치가 아니라 인간 본연의 성품인 사랑이 담긴 인성으로 이 사회가 움직여지는 날을 기대해봅니다.

참 인생 노니는 곳을 향하여

마구잡이로 잘 다져진 한국경제

　제2차 세계대전 이후 한국만큼 눈부신 성장을 한 나라도 없습니다. 사막의 오아시스를 이룩한 이스라엘이 한동안 주목받았지만, 1970년대 들어서는 누구나 한국을 얘기하기에 이르렀습니다. 일제 36년의 강점기를 겪은 나라, 해방 이후 6·25로 폐허가 되어 세계 최빈국으로 전락한 나라가 불과 2~30년 만에 선진국 문턱에 들어섰으니 하는 말입니다.

　고속도로가 뚫리고 공항과 항만이 열리고 공장을 들어서게 한 것은 아무리 봐도 잘한 일이었습니다. 누가 뭐라 해도 잘한 일이요, 장한 일이었습니다.

　그런데 무조건 반대하기를 좋아하는 사람들, 그리고 반대하는 자들의 세(勢)몰이를 통해서 정치인으로 성장하려는 사람들은 우리의 경제가 사상누각이라고 비꼬았습니다. 계속 이렇게 성장 일변도로 나가다가는 언젠가 무너질 것이라고 말입니다. 마침 김영삼 정부에 이르러 국가가 부도 사태에 몰리고 IMF의 차관을 받는 지경에 이르자, 그것보라고 이구동성으로 떠들어댔습니다.

　물론 그들의 말이 전혀 근거 없는 것은 아닙니다. 우리 경제의 기초가 튼튼치 못했던 것도 사실이고 훗날 그것이 영향을 줬다는 사실, 또한 의심의 여지가 없습니다. 그러나 현재의 우리들은 과거를 고치기 위하여 존재하는 것이 아니라 물려받은 유형·무형의 것들을 잘 보존하고 발전시키는 사람들입니다.

우리는 이렇게 생각해야 합니다. 분단 이후 발빠르게 정국을 장악해 가며 그 어려운 와중에서도 경제를 일으킨 통찰력과 추진력의 사람들이라면, 1인당 국민소득 만 달러 국가를 부도 위기로 내몰지는 않았을 것이라고 말입니다. 이런 측면에서 대부분의 책임은 당대로 돌려져야 합니다. 당대의 정치인들은 전(前) 정권의 잘잘못과 앞으로의 청사진을 유권자들에게 설명해가며 정권을 잡은 자들이기 때문입니다. 만약 그들이 우리의 경제가 큰 어려움에 직면할 것을 모르고 정권을 잡았다면 준비가 덜 된 자들이요, 알고도 막지 못했다면 능력이 부족한 사람들입니다.

우리 경제는 사상누각이라 할 수 없습니다. 인간이 만든 모든 것들이 불완전하다는 의미에서라면 그렇게 말 할 수 있겠지만, 그런 의미가 아닌 이상 그렇게 말할 수는 없습니다.

물론 치밀하게 쌓았다고 할 수는 없을 것입니다. 차라리 큼직큼직한 돌로 대충대충 얼기설기 던져 쌓았다는 표현이 옳을 것입니다. 마치 토목공사를 하기 전에 사람 머리크기 만한 사석(捨石)을 물밑에 계속 던져넣어 기초로 삼는 것처럼 말입니

159

다. 그런데 이런 사석을 던져서 만든 토목공사의 기초부분이
나 방파제는 생각과는 달리 결코 무너지지를 않습니다. 한국
경제도 마구잡이로 던져 쌓아 불안전하게 보였지만 실제로는
그리 불안전한 것만은 아닙니다. 잘못 쌓여진 것 같으면서도
가장 기본적인 경제이론, 곧 크고 단단한 돌을 계속 물에 던
지면 제방이 된다는 사실에 입각해 있습니다. 여기에서 크고
단단한 돌이란 국민 개개인의 학식, 신념, 열정 따위를 말합니
다. 이런 돌이 많은 국가는 비록 정부가 정교한 경제이론을
갖추지 못했다 할지라도 원론적인 경제이론과 실천만으로도
단단한 경제를 세울 수 있습니다. 그리고 이런 유형의 경제는
경제전문가의 이론이나 학식으로 정교하게 세운 경제보다 더
나을지 모릅니다. 정교하면 정교할수록 자그마한 흠집에도 와
르르 무너지지만 아무렇게나 던져져 쌓여진 것은 비록 쌓을
때의 효율성은 떨어질지라도 더 이상 무너질 것이 없기 때문
입니다.

이와 같이 세상은 자로 잰 듯한 이론과 실천으로만 굴러가
는 것이 아니고, 정확히 설명되어질 수 없지만 인간이 알 수
없는 나름대로의 방법에 따라서도 굴러갑니다.

지금 우리의 경제규모를 아직 일본과 비교할 수는 없습니
다. 그들은 명실상부한 선진국이요, 세계 2, 3위의 경제대국입
니다. 그런데 이상스럽게도 우리가 그들보다는 훨씬 더 잘 먹

삶은 갈래 사랑은 하모니

고 잘 쓰며 살고 있습니다. 일본은 국가나 기업이 부강할 뿐 개인은 우리보다 훨씬 못한 생활을 하고 있다는 뜻입니다.

그래서 이렇게 말하는 사람들이 있습니다. 개인이 풍족하게 안 쓰고 기업이나 국가가 자금을 많이 축적할 수 있는 일본경제의 시스템이야말로 우리가 본받아야 할 점이라고 말입니다. 정말 맞는 얘기입니다. 기업이나 국가가 부자여야 큰 자본의 응집력을 바탕으로 새로운 프로젝트를 이행할 수 있기 때문입니다.

그렇지만 수십 년이 지난 후의 결과는 전혀 딴판으로 나타날 수 있습니다. 돈을 안 쓰고 저축성이 강한 일본, 질서의식이 잘 자리잡혀 있고 정부를 믿고 따르는 일본사람들보다는 우선 빚을 내서라도 먹고 싶은 것 다 먹어가며 자식공부에 투자하는 한국 사람, 도저히 통제할 수 없을 정도로 자유분방해 어글리 코리언으로까지 묘사되고 있는 한국 사람들에게 더 나은 미래가 있을 수 있습니다.

궤변 같지만 두 가정을 예로 들 수 있습니다.

하나는 돈이 없는데도 씀씀이가 헤프고, 빚을 내서라도 다양하게 자식들 공부시키며 사는 가정입니다. 또 하나는 열심히 일하고 아끼며 검소하게 살아가는 가정입니다. 전자의 자녀들은 공부도 많이 하고 다양한 가치관 속에서 자라날 수 있지만 후자의 자녀들은 편협한 사고방식을 갖추기 십상이요, 단지 얼마의 재산만을 물려받을 것입니다. 그러므로 전자의 미래가 더

161

밝을 수 있습니다. 이 세상은 인간의 계산으로는 산출할 수 없을 만큼 넓고 크며 오묘하고 오묘한 것입니다.

외국에 사는 어느 선교사가 TV 매체에 한국 뉴스만 나왔다 하면 데모하는 모습뿐이라고 말하는 것을 들은 적이 있습니다. 물론 잘하는 짓이 절대 아닙니다. 그런데 우리 사회와 비슷한 나라, 곧 데모가 만연해 사회가 불안한 남미의 여러 나라들과 다른 점은 국민 개개인이 모래가 아니라 단단한 사석과 같다는 것입니다. 당장 먹고 즐기기보다는 성공이나 학업에 대한 집념이 강하고 그만큼 노력하기 때문입니다. 데모만 일삼고 일을 게을리하는 민족이 사상누각을 쌓는 것이라면, 개인이 노력하는 사회는 커다란 돌로 얼기설기 쌓아놓은 것 같이 안정을 이룩할 수 있습니다.

삶의 갈래가 여러 가지요, 사회의 모습 또한 다양하지만, 그 와중에 개개인이 노력하는 사회는 비록 국가가 정교한 시스템을 제공해주지 못한다 할지라도 튼튼히 서 갈 것입니다. 우리 각자가 이것을 인정하고 사랑의 하모니로 나아갈 때 밝은 미래가 도래할 것입니다.

먹는 것에 집착하는 사람, 사는 것을 즐기는 문화인

어린 시절 좁은 집에 살던 나는, 넓은 마당이 있는 시골 할머니 댁을 좋아했습니다. 가을에 타작을 하기에도 남음이 있어 부엌 입구 한쪽에서 전을 부치기도 하는, 넓으면서도 쓸쓸하지 않은 살아있는 집이었습니다.

단 하나 마음에 들지 않았던 것은 마당에 그 흔한 꽃 한 송이 없다는 것이었습니다. 여름방학 비 오는 날 마루에 앉았노라면 심한 빗줄기에 튀기기도 하고 고랑을 패며 흐르는 빗물을 내려다보는 것이 고작이었습니다. 마당 끝편에서 이리저리 한들한들 춤추는 코스모스라도 있었더라면, 앉으나 서나 그게 그건지도 모르고 시커먼 하늘 향해 자기의 존재를 알리기라도 하듯 꼿꼿하게 서 있는 채송화라도 있었더라면 한결 좋았을 것입니다.

할머니는 고작 뒤뜰에 고추며 호박이며 오이를 심는 것에 만족했습니다. 봄서부터 가을까지 우리의 식탁을 더없이 풍성하게 해 주는 귀한 존재였지만, 신교육을 받은 나에게는 하찮은 존재로 여겨졌습니다.

그 당시 어른들은 항상 먹고사는 애기로 즐거움을 나누었습

참 인생 노니는 곳을 향하여

니다. 맹장 수술하신 할아버지 드릴 흰죽 끓일 한 됫박의 쌀을 얻으러 아래 길가 마을까지 몇십 집을 훑었다는 얘기, 그래도 이밥을 먹게 된 것은 통일벼가 나온 때문이라는 얘기, 소작 몇 마지기를 부치며 근근히 살아가던 배나무 집이 택시 기술을 배워 잘 살아간다는 얘기 등등이 고작이었습니다.

나는 그들이 누구인지 무엇이 그리 대단한 일인지 귀에 들어오지 않았습니다. 단지 마당에 화단을 만든다거나 처마에 새장을 걸어놓는 공상만 일삼을 따름이었습니다.

수십 년이 지나 불혹의 나이를 훌쩍 넘어버린 지금, 어릴 때의 일들이 주마간산식으로 지나가다 간혹 할머니 댁 마당이 떠오르곤 합니다. 화단의 꽃만큼이나 하늘의 새만큼이나 아름다운 마음이었습니다. 그 마음 지금도 변한 것 없지만, 어찌된 일인지 지금 내 집에도 꽃 한 송이 없습니다. 내년 봄이 오면 꼭 심겠노라는 마음도 들지 아니합니다. 그저 고추 몇 종 심어 놓으면 우리 네 식구가 충분히 먹을 수 있으리라는 생각만 들뿐입니다.

그래도 고등학교에 다니는 큰딸년이 체육 특기생인 관계로 밤낮 볼 치는 일에 정신이 팔려 집안의 삭막함을 깨닫지 못하고 있고, 곧 중학생이 될 막내년도 아직은 동화책이나 종이접기에만 몰두하고 있어서 다행입니다.

막내년이 하늘과 바람을 노래하기 전에 집안의 분위기를 바꾸고 싶습니다. 먹는 것에 집착하는 사람이 되기보다는 사는 것을 즐기는 문화인으로 거듭나고 싶습니다.

한국 속담에 "남의 떡이 더 커 보인다"는 말이 있습니다. 그런데 영어권에서는 이와 비슷한 속담으로 "The grass is always greener on the other side of the fence(남의 집 풀이 더 푸르러 보인다)"라는 말로 대신합니다. 우리가 먹는 것으로 비유한 반면에 서구권에서는 푸르디푸른 잔디로 비유했으니, 먹는 것에 관심을 두는 사람들과 자연을 즐기며 사는 사람들의 차이입니다.

사람마다 민족마다 제각기 삶의 갈래가 다양하지만, 그래도 사랑의 하모니를 이루는 문화로 하나하나 정진되었으면 하는 바람입니다.

참 인생 노니는 곳을 향하여

어중이떠중이들도 쓰는 책

일전에 어느 학자의 철학적 일생이 신문에 시적 형식으로 기재된 것을 보았습니다. 대학 강단에서 제자들을 가르치며 많은 논문을 발표한 분이었지만, 그 흔한 저서 한 권 남기지 않고 작고하셨다는 내용이었습니다.

생전에 책을 쓰지 않는 이유를 제자들이 여쭐 때면 그는 이렇게 말했다고 합니다.

"허허, 요즘엔 책이 너무 많이 나와. 아무나 책을 쓰는 것 같애. 서점에 가보면 너무 많아서 무엇을 봐야할지 고를 수가 없어. 그래서 나는 쓰지 않기로 했네. 이 다음에 내가 죽거들랑 내 논문 중에서 괜찮은 것 몇 개 엮어 책으로 내 주게."

참으로 겸손한 말씀인 것 같습니다. 마치 생전에 자기 동상을 세우지 않으려는 것처럼 보입니다. 그렇지만 뒤집어 보면 그만큼 교만하고 우둔한 말도 없습니다.

오늘날 우리는 정보의 홍수 속에 살고 있습니다. 그 정보의 홍수 속에서 참지식·필요한 지식을 구별할 줄 알고 찾아가는 능력이 필요합니다. 만약 우리가 서점에서 무슨 책을 골라야 할지, 인터넷이라는 바다 속에서 어디로 항해할지 망설여진다

삶은 갈래 사랑은 하모니

면 문맹이나 다름없는 것입니다.

그리고 오늘날 우리 사회는 누구나 정보와 지식을 제공하며 살고 있습니다. 지난 역사처럼 소수의 학자와 권력자들에 의해 지식이 양산되고 그에 따라 움직이는 것이 아니라, 절대의 가치관을 절대라 칭하지 아니하며 많은 정보 속에서 새롭고 다양한 가치관을 형성하며 살고 있는 것입니다.

사실 지난날의 역사 속에서도 지식이 소수로부터 나왔다고 할 수는 없습니다. 하나님이 내린 온 세계의 형상과 이치와 생물을 보며 그들이 하나하나 발견해 간 것뿐입니다. 다만 요즈음은 누구나 그것을 발견한 대로 생각하며 말합니다. 어느 학자의 말대로 아무나 책을 쓰는 세상이 된 것입니다. 그러나 우리가 반드시 짚고 넘어가야 할 것은 많은 양민을 토대로 권력자가 있게 되고 여러 사원 가운데 사장이 존재하듯이, 수많은 정보 속에 새로운 가치관이 형성되며 훌륭한 논문이 탄생한다는 것입니다. 아무리 훌륭한 학자라 할지라도 그를 만든 것은 그가 보고자란 이 세상이요, 다른 사람들의 말과 글이라는 사실입니다. 그럼에도 불구하고 아무나 책을 쓰는 것을 비판하는 것은 결코 옳지 않습니다.

어떤 사람이 출근하다가 교통체증으로 짜증이 난 나머지, 요즘엔 어중이떠중이들도 다 차를 끌고 다닌다고 하는 독백을 하였다고 합니다. 어중이떠중이들이 자가용을 몰고 다니고 어중이떠중이들이 책을 쓰는 세상이야말로 선진 사회요, 살맛 나는 아름다운 세상입니다.

167

간척사업은 희망이었다

어린 시절, 누구나 한두 번쯤은 우리나라의 미미한 국력과 작은 영토에 대하여 심각히 고민해 본적이 있을 것입니다. 특히 냉전시대에 청소년기를 보낸 이들은 보고 듣는 것이 전쟁에 관한 것이었기 때문에 더욱 그렇습니다. 필자도 세계 지도를 펼쳐 놓고 눈곱만한 한반도를 보면서 한숨짓던 때가 있었습니다. 일찍이 조상들이 많은 땅을 차지했더라면, 감히 주변나라가 집적거리지 못하고 식량도 넉넉했을 것이라는 생각을 하면서 말입니다.

그 때 어린 마음에 위안을 준 것이 바로 간척사업이었습니다. 바다를 메워 육지를 만든다는 생각에, 우리나라의 영토가 넓어진다는 생각에 너무 좋아라 했습니다.

당시엔 일반 국민이나 정책 입안자들이나 그 외의 것은 생각하지 못했습니다. 당장 먹고살기가 쉽지 않았고, 국가적으로도 주변 열강의 틈바구니 속에서 민족적 생존이 유일한 당면과제였기 때문입니다. 환경이나 자연보호나 생태계라는 측면은 사치요, 그 외침은 이내 곧 사라지고 마는 아침 안개였습니다.

삶은 갈래 사랑은 하모니

그런데 어느덧 시화호니 새만금이니 하는 말들이 오르내렸습니다. 이는 민주화와 경제성장에 힘입은 바가 큽니다. 정부에 대해 하고 싶은 말을 할 수 있는 시대, 먹고사는 문제보다 얼마나 건강하고 아름답게 사느냐가 중요하게 다루어지는 시대가 되어 지금까지 덮고 있던 구름들을 하나하나 거두게 되었습니다.

거기에 환경론자들이 불을 붙였습니다. 바다를 막았을 때 생기는 문제점들이 그들을 통하여 낱낱이 공개되었을 때, 간척사업은 정말 해서는 안 되는 사업이었습니다.

아직도 이 문제를 가지고 경제가 우선이냐 환경이 먼저냐를 논하는 자들이 있다면, 이는 매우 우스꽝스러운 일입니다. 어느 것이 더 중요하다거나 중요하지 않다고 말할 수 없기 때문입니다. 다만 경제는 간척사업이 없이도 얼마든지 일으킬 수 있는 반면에, 환경은 이런 대형의 국토개발을 계속하는 한 결단코 지킬 수 없다는 사실을 인지해야 합니다. 사실 한 나라와 한 지역의 경제가 대단위의 프로젝트에 의하여 좌우되는 시대는 서서히 물러가고 있습니다. 보다 환경적이고 기술 집약적이며 부가가치가 높은 첨단산업이 국가의 흥망성쇠를 좌우하고 있기에, 이제부터라도 경제는 곧 국토개발이라는 등식 관념을 지워버려야 합니다.

다만 과거는 과거의 눈으로 봐야 합니다. 현재의 시각으로

169

볼 때 인간의 모든 과거사는 비판받을 수밖에 없기 때문입니다.

과거의 간척사업은 단순히 땅을 넓혀 식량을 얻기 위한 사업이 아니었습니다. 그것은 경제적으로 암울한 시대에 한줄기 빛으로 다가온 희망의 상징이요, 자신감의 발로였습니다. 여의도 면적의 수십 배, 수백 배가되는 간척지를 보고 국민들은 기쁨의 눈물과 힘을 얻었습니다. 그리고 그 눈물과 힘은 여러 방향으로 나타나 오늘의 우리를 만든 것입니다.

우리는 과거를 외형으로만 보지 말고 실체를 봐야 합니다. 눈에 보이는 것이 허상이요, 감추어진 것이 실체이기 때문입니다. 따라서 정책 입안자들이나 국민들이나 외형의 크고 작음을 떠나 희망을 줄 수 있는 유형 무형의 사업을 찾아야 합니다. 사업의 갈래는 다양하고 사랑과 희망의 하모니로 국민을 모을 수 있는 길은 많이 있습니다.

할머니의 엄살

어린아이들은 대체로 엄살이 심합니다. 겁이 많아서이기도 하지만 어른들에게 좀 봐달라는 제스처이기도 합니다. 엄살이 심했던 나는 그 엄살로 인하여 혼이 난 적이 여러 번 있습니다.

학교에서 예방주사를 맞을 때 책상 밑에 숨다가 들키기도 하고, 몸이 아파 병원에 끌려갔을 때는 온 동네 떠나갈 듯 울어제꼈습니다. 주사를 맞고 엄마와 함께 대기실로 나오는 나를 보고는 "꽤 큰 녀석이 그렇게 울어제꼈네"라고 모두 한마디씩 한 것이 아직도 어렴풋이 계면쩍게 들려옵니다.

장성해서는 체면 때문에 엄살을 부리지 못하고 있습니다. 소대장으로 군에 근무할 때는 부하들 앞에서 제일 먼저 예방주사를 맞는 오기(?)를 부려야만 했습니다. 태연한 척하고 팔 소매를 걷어 부쳤지만 바늘이 들어가는 순간 내 얼굴이 하얗게 되더라고 부하들이 웃으면서 말해줬습니다. 괜한 소리를 한 것은 아닐겝니다.

지금도 병원이라면 딱 질색입니다. 건강 검진도 면허증 갱신과 같이 강제성이 있는 경우에만 하는 정도니, 헌혈이라는 것은 한 번도 하지 않았음을 고백합니다. 암 검사도 받아 본 적이

171

없습니다. 장담하는데 앞으로도 그런 일들은 안 할 것입니다.

그래서 나는 죽을 때 잘 죽게 해 달라고 늘상 기도합니다. 적당히 늙어서 적당히 앓다가 가게 해 달라고 말입니다. 건강하다 갑자기 죽어 가족 친지들도 못 만나고 가는 것도 싫습니다.

언젠가 지인이 중병에 걸려 돌아가신 적이 있습니다. 그는 마취도 하지 않은 상태에서 대수술을 받았습니다. 고령이라 마취를 하면 깨어나지 못할 수도 있다는 병원 측의 말에 보호자들이 승낙을 한 것입니다. 나는 그 말을 전해 듣고 나 자신이 얼마나 고통을 받았는지 모릅니다. 아내가 산실에 들어가 있을 때처럼 가슴이 초조해지고 똥줄이 타 들어가는 느낌을 받았습니다. 나는 아내에게 "그 노인은 수술을 아니 받는 것이 좋았을 것이다"라고 강한 어조로 말했습니다. 그 말에는 '만약 나에게 그런 일이 닥친다면 그냥 하나님 뜻으로 알고 죽게 내버려 두라'는 메시지가 담겨 있었습니다.

이런 내가 좀 특이한 성격이라고 생각할 때가 많지만 나의 할머니는 한 술 더 뜨시는 분입니다. 자신은 80평생 동안 양파를 날것으로 드신 적이 한 번도 없다고 하십니다.

"왜요?"

"나는 뜨거운 것하고 매운 것은 못 먹는단다. 그런데 느 엄마는 참 잘도 먹지."

"양파를 드시지도 않았다면서 매운 줄 어떻게 알아요?"

"왜 몰라, 칼로 썰 때 눈물나는 것 보면 알지."

할머니의 엄살은 아무도 못 말립니다. 내가 중학생이었을 때인가, 밭을 매시다가 뱀에 팔을 물리신 적이 있으십니다. 부랴부랴 횡성 읍내의 개인병원으로 모셨습니다. 의사는 뱀의 독을 빼기 위해 팔을 째야(수술)한다고 하였습니다.

엉겁결에 수술대 위에 누우신 할머니……. 그러나 의사가 수술 도구를 덜그럭거리며 준비하는 동안 할머니의 눈에는 시퍼런 수술용 칼날이 들어왔습니다.

"아이고, 나는 죽으면 죽었지 팔은 못 째요."

환갑이 다된 시골 노인네가 벌떡 일어나며 외치는 바람에 의사도 간호원도 우리 가족도 잠시 멍할 수밖에 없었답니다. 그 틈을 놓치지 않고 할머니는 횡하니 병원 문을 뛰쳐나가고 말았습니다. 할아버지와 삼촌이 아무리 설득을 해도 막무가내였습니다. 이젠 할머니보다도 온 가족이 시름시름 앓게 되었습니다. 의사의 말대로라면 곧 할머니의 팔이 썩어 들어갈 것이기 때문입니다.

다행히 누군가 민간요법을 알려줬습니다. 그 방법대로 논에 있는 거머리를 잔뜩 붙잡아 물과 함께 큰 대야에 넣고 뱀에 물린 할머니의 팔을 집어넣었습니다. 어려서부터 논에서 모내기를 하신 때문인지 거머리를 무서워하지 않으신 것이 천만다행이었습니다. 거머리는 마치 맛있는 먹이를 만났다는 듯 수십 마리씩 헤엄을 쳐 와서 할머니의 팔에 달라붙었습니다. 그리고 뱀독이 있는 줄도 모르고 자신들의 몸이 통통해질 정도

173

참 인생 노니는 곳을 향하여

로 피를 실컷 빨아먹은 후 휑하니 죽어 나자빠졌습니다. 할머니는 아픔을 느끼기는 고사하고 오히려 시원하다고 말씀하셨습니다. 수술도 아니하고 구하기 어려운 약도 쓰지 아니하고 완치될 수 있었습니다.

그 이후 30여 년이 흘러 내 여식으로부터 증조할머니 소리 들으신 지도 십 수년이 지났습니다. 여전히 양파, 고추, 마늘 같은 것을 날것으로는 드시지 않습니다. 아마도 엄살을 무덤까지 가지고 가실 모양입니다.

그래도 할머니는 언제나 의연하십니다. 배도 좀 나오신 분이 뒷짐을 지고 먼 산을 바라볼 때는, 인생의 종착역에 다다른 이의 초연함마저 느끼게 합니다. 동네 어귀를 걷다가 아는 영감이라도 만나면 호탕한 웃음과 큰 목소리로─어려서부터 귀가 어두워 생긴 습관이지만─상대방의 기를 꺾어 놓으십니다.

그렇지만 나와 나의 여식들에게 이따금씩 던지는 말씀, '이제는 갈 때가 되었노라는' 그 말씀이 나를 슬프게 합니다. 할머니는 어찌된 일인지 이 영원한 이별만큼은 두려워하시는 것 같지 않으십니다. 험악한 인생을 살았지만 자식 많이 보았고, 손주, 외손주, 그리고 그들에게 딸린 가솔들까지 보았으니 더 바랄 것이 없으신 모양입니다.

그래도 양파는 두려워하십니다.

174

히포크라테스 선서

읍내에 조그만 의원이 있습니다.

이 의원의 원장님은 의대를 졸업한 후 전문의 과정을 밟지 않고 곧바로 개원한 케이스였습니다. 개원 전의 염려와는 달리 그럭저럭 환자들이 넘쳐나면서 원장님은 나름대로 보람을 느끼게 되었습니다. 중증환자는 욕심부리지 않고 인근의 시설이 좋은 종합병원으로 보냈습니다. 그리고 읍내의 경조사를 비롯한 사회활동에도 적극적으로 참여하여 좋은 소문이 나기 시작했습니다.

원장님은 어느덧 읍내의 지역 유지가 되어 있었고, 단란한 가정의 가장으로서 동네 사람들의 부러움도 샀습니다.

그러던 어느 날, 의사 부인에게 한 통의 편지가 날아들었습니다. 대학 동창회 모임을 알리는 소식이었습니다. 부인은 오랜만에 서울 나들이를 하고 동창들을 만난다는 기쁨에 가슴이 설레었습니다.

그런데 동창회를 마치고 돌아온 부인은 입이 삐죽 나와 있었습니다.

"여보, 우리도 다시 서울로 가요. 가서 미처 마치지 못한 공

참 인생 노니는 곳을 향하여

부를 계속하도록 해요."

"……."

"남들은 지금 유학이다 박사다 교수다 하는데, 당신은 도대체 지금 이 시골에서 뭐하시는 거예요?"

원장님은 의원 문을 닫고 서울의 K대학 병원의 전문의 과정을 밟기 시작했습니다. 그러나 나이 들어 하는 공부가 결코 만만하지 않았습니다. 쉬지 않고 공부하여 이미 선배가 되어 버린 후배들의 핀잔도 견디기 어려웠습니다. 그러나 무엇보다도 자신의 뜻이 아닌 아내의 요구로 공부를 하게 되었으므로, 심적 갈등이 그치지 않았습니다.

원장님은 1년도 안 되어 공부를 포기하고 읍내로 돌아왔습니다.

다시 개원을 했습니다. 그러나 마음이 무거웠습니다. 자신이 너무나도 초라해 보여 개원소식을 알리지도 못했습니다. 그 흔한 꽃다발 하나 없는 곳에서 원장님은 흰 가운을 입었습니다. 그의 마음을 알아차린 부인은 눈치만 보고 어쩔 줄 몰라 했습니다.

"여보, 미안해요."

"앞으로 시간이 지나면 다 잊혀지겠지요."

몇 달이 지나자 환자들이 다시 몰려들었습니다. 비록 전문의 자격증도 없었고 박사님도 아니었지만 그의 무기는 진실과 성실함이었습니다.

전문인이라 할지라도 동네 사람들과 사랑의 하모니를 이루는 것이 진정한 히포크라테스의 선서입니다.

176

히딩크를 생각하며

한반도에서 개최된 월드컵의 열기가 온 지구촌을 달군 2002년 6월은 뜨거웠습니다. 우리에게 환희와 기쁨과 영광이 된 그 순간들은 깊은 산고를 통해 얻어졌습니다. 일본과의 월드컵 유치경합에서 공동유치에 이르기까지, 경기장 건설과 숙박시설에 이르기까지, 어느 하나 쉬운 것이 없었습니다. 각종 전지훈련과 여러 평가전의 참패소식, 그리고 사령탑 히딩크의 장기휴가와 각종 불협화음은 우리를 더욱 우울하게 만들었습니다.

그러나.

월드컵을 며칠 앞둔 몇 차례의 평가전에서 서광이 비쳤습니다. 뭔가 할 수 있다는 자신감이 끓기 시작했습니다. 16강에 오를 수 있다는 생각이 들었습니다. 아니 단 1승만이라도 올려주기를 바라고 또 바랐습니다.

그 동안의 월드컵은 우리에게 실망의 무대였기 때문입니다. 우리는 본선에 6차례나 올랐으면서도 한 번도 승리하지 못한 유일한 팀이라는 기록을 보유하고 있었습니다. 그리고 월드컵 역사상 주최국이 16강에 오르지 못한 일은 한 번도 없었다는 사실이 오히려 우리를 불안케 했습니다.

폴란드와의 첫 경기, 드디어 날은 왔습니다. 그리고 그 날밤 달은 유난히도 밝았습니다. 이을용 선수의 어시스트에 이은 황선홍의 첫 골에 전국이 들떴고 유상철 선수의 쐐기골에 안도했습니다. 미국과의 2차전에서 안정환 선수의 동점골, 포르투갈과의 3차전에서 박지성 선수의 통렬한 왼발슛으로 승리를 낚아 대망의 16강은 이루어졌습니다.

날이 갈수록 응원의 열기도 뜨거웠습니다. 국민 모두가 붉은 악마가 되었습니다. 전국적으로 수백만의 시민이 거리로 운집하기 시작했습니다. 그러면서도 이성을 잃지 않고 질서를 유지해 세계의 이목을 끌었습니다. 붉은 옷이 동이 났습니다. 젊은이들은 태극기를 몸에 두르기도 하고 아예 옷을 만들어 입고 나타났습니다. 독립운동과 냉전시대의 6·25사변을 겪으면서 거룩함을 벗어날 수 없었던 태극기의 상징이, 이제는 친구처럼 다가왔습니다.

이탈리아와의 16강전은 그야말로 드라마였습니다. 전반전에 얻은 페널티킥을 성공하지 못한 안정환 선수는 전·후반 내내 울면서 뛰어다녔습니다. 그리고 마침내 연장전에서 천금의 헤딩슛을 성공시켜 8강행을 확정지었습니다. 안정환 선수는 자신의 소속 프로구단이 속한 이탈리아를 상대로 골을 터뜨렸기 때문에 더욱 아이러니컬했습니다.

우리는 이 여세를 몰아 페널티킥으로 스페인까지 꺾고 4강에 합류했습니다.

178

히딩크와 선수들의 이름이 연일 대대적으로 보도되었습니다. 많은 사람들이 후유증으로 몸살을 앓았습니다. 머리에 온통 월드컵 영상만이 돌아가는 듯 멍하고 일손이 잡히지 않았습니다.

히딩크는 영웅이 되었습니다.

그 동안 그가 이끌어 온 선수선발 방식과 훈련방식에 대한 예찬이 시작되었습니다. 그는 대표팀의 학맥과 인맥을 배제하고 오로지 실력만으로 선수를 선발했습니다. 한국 선수들에게 부족한 체력훈련을 강화했습니다. 어떠한 압력이 들어온다 할지라도 자신이 옳다고 믿는 바를 행했습니다. 이런 점들이 우리를 감격시켰습니다.

그래서 이미 모국으로 돌아간 그였지만, 우리는 얼마동안 계속해서 대표팀 주요 A매치 경기의 감독 자리를 맡겼습니다. 네덜란드 아인트호벤팀 감독과 우리 국가대표팀 감독을 겸직하게 된 것입니다.

그러나.

웬일인지 자꾸 불안한 생각이 엄습해옵니다. 서쪽 하늘에 조그마하지만 검은 구름이 몇 조각 모이기 시작하는 것 같습니다. 히딩크는 능력 있는 지도자요 우리 축구계의 고질적인 병폐를 치유했지만, 신도 아니고 만병통치약도 아니라는 생각

참 인생 노니는 곳을 향하여

을 해 봅니다. 또한 우리가 그에게 성원을 보낼 수 있는 환경이 계속해서 조성되리라는 보장도 없습니다.

그가 우리에게 다가온 것은 우리의 알지 못했던 병폐를 치유하고, 우리의 알지 못했던 능력을 계발시켜 주기 위함이었습니다. 그 결과가 월드컵 4강으로 드러났으며, 그 이상도 그 이하도 아닙니다. 물론 히딩크가 앞으로도 한국 축구를 더 발전시킬 수 있습니다.

그러나 한국 축구에 히딩크 인맥이 새롭게 조성된다면…… 절대적 힘이 실린 인간이면 누구나 그러하듯이 독선으로 흐른다면……. 그에 대한 성원이 부메랑이 되어 원망으로 돌아올까 두렵습니다.

히딩크.

그는 아름다운 무지개입니다. 무지개는 찬란한 빛을 발하다 이내 사라지고 맙니다. 어렵고 서운하겠지만 그와의 공식적인 관계가 완전히 청산되기를 기대해 봅니다. 그러면 그는 멀리서 애정을 갖고 지켜볼 것입니다.

그리고 한국 축구에 새로운 환경이 조성될 때, 곧 소낙비와 같은 난관에 햇빛 같은 열망이 쏟아질 때, 우리의 가슴 속에 아련히 남아있던 그 무지개는 다시 돌아올 수 있을 것입니다.

과수원지기 어머니

한 소년이 시 변두리에 외로이 홀로 서 있는 단층 슬라브 집으로 이사를 왔습니다. 복숭아나무 수십 그루가 집을 감싸고 있고, 조금 떨어진 곳에서 고아원 원생들의 재잘거리는 소리가 들려오는 곳, 5월이 될 때마다 복사꽃이 만발해 화려하고 포근한 정경을 연출하는 집입니다.

이 소년의 아버지는 농부가 아닌 시내 어느 중학교의 교장 선생님이십니다. 교장 선생님이 날마다 출근하시는 관계로 복숭아밭은 늘 소년의 어머니 차지였습니다. 소년의 어머니는 날마다 밭을 매고 나무를 손질했습니다. 평소 밭일을 안 해보신 어머니시기에 꽤나 힘들어하시는 것 같습니다. 특히 나뭇가지를 딛고 올라서서 복숭아를 봉지로 싸주는 곡예와 같은 일을 하시는 어머니를 보며, 소년은 안타까워합니다. 그래도 여름이 되어 커다란 복숭아가 주렁주렁 열리면 얼마나 탐스러운지, 소년의 가족의 인생도 부해지는 느낌이었습니다.

소년이 자라서 대학에 들어갔습니다. 복숭아나무도 어른스러워져 더 많은 열매를 맺었습니다. 다만 언덕 위의 고아원만은

참 인생 노니는 곳을 향하여

새 아이들로 계속 채워져서인지 고만고만한 키의 아이들이 변함없이 뛰놀고 있습니다. 때때로 복숭아밭을 지나치며 군침을 흘리며 쳐다보는 아이들의 모습도 예전과 다르지 아니합니다.

대학생이 된 소년은 그 키가 자란 만큼이나 생각도 자랐습니다. 나무를 쳐다보는 아이들에게 복숭아를 따 주고 싶었습니다. 그러나 어머니께 말씀드리지는 못했습니다. 일이 고된지 밤마다 끙끙거리시고, 혹시나 아이들이 복숭아를 서리할까봐 걱정하시는 어머니에게 도저히 그 말씀을 드릴 수 없었습니다.

어머니는 "야, 이 일이 얼마나 힘든 줄 알기나 하니? 이렇게 힘들게 일해 얻은 것을 왜 남의 자식을 주니? 정 주고 싶으면 네가 벌어서 줘라" 하고 화를 내실 것이 분명하기 때문입니다.

어느 날, 한 아이가 복숭아를 훔치다가 어머니에게 걸려들었습니다. 어머니는 도망가려는 아이의 팔을 부여잡고 질질 끌었습니다. 서슬 퍼런 과수원지기 어머니의 얼굴 표정만으로도 아이는 겁에 질려 자지러지게 울어댔습니다. 어머니는 결국 그 아이를 고아원 원감 선생님께 넘기고 말았습니다. 경찰서에 넘기지 않은 것만으로도 다행인 줄 알라는 표정으로……

대학생 소년은 너무나 안타까웠습니다. 어머니 손에 개 끌려가듯 울부짖으며 끌려가던 아이를 생각하며 어머니를 원망하고 또 원망했습니다.

182

대학생 소년은 회사원이 되었습니다. 그리고 20년 후 조그만 상점을 운영하게 되었을 때, 우연히 고아원 원감선생님이 물품을 사러 들렀습니다. 강산이 두 번이나 변했음직한 세월이었음에도 불구하고, 서로 쉽게 알아볼 수 있었습니다. 그러나 어른이 된 소년은 20년 전의 일을 생각하고 얼굴을 들 수 없었습니다.

며칠 후, 우편으로 지로 한 장이 날아왔습니다. 고아원 후원을 위한 지로였습니다. 사장이 된 소년은 뛸 듯이 기뻤습니다. 다만 얼마라도 송금해서 어머니가 빚진 것을 갚아야겠다고 생각했습니다. 빚 갚을 기회를 주신 하나님께 감사했습니다.

그러나 바쁜 일정으로 송금하는 것을 잊어버리고, 열흘이 지나고 한 달이 흘렀습니다. 시간이 흐를수록 아들은 돈이 아깝다는 생각이 들었습니다. 뜨거운 마음이 있었을 때 훌쩍 부치지 못한 것을 후회했습니다.

'아! 세상의 인심이 바로 이런 거였구나!'

사장이 된 소년은 어머니를 이해하게 되었습니다. 세상풍파 속에서 힘들게 살아온 어머니였습니다. 박봉의 남편 월급으로 자식들 셋 뒷바라지하느라고 찌든 어머니였습니다. 그러나 한편으로는 자지러지던 고아원 아이의 생각이 계속 떠올랐습니다.

'그래, 그렇게 살면 안 돼. 어머니의 마음도 이해 안 가는 바는 아니지만…… 나는 세상에 때묻지 않았을 때의 그 마음을 잊어버리면 안 돼.'

183

　소년은 고아원에서 새로이 운영하는 커피숍을 찾았습니다. 커피값을 받지 아니하는 대신 아름다운 마음으로 작은 기부를 하는 곳이었습니다. 차를 마시며 어머니의 마음도 이해하게 해 주시고, 옛날의 순수했던 자신의 마음을 회복시켜 주신 하나님께 감사드립니다.

군인은 아름답다

군인은 한순간의 비상시국을 위하여 존재합니다. 정부수립 이후 6·25 사변을 비롯한 크고 작은 외부의 침략 때마다 우리 군은 그 존재를 유감 없이 증명해 보였습니다. 뿐만 아니라 평시에도 눈이 많이 오거나 수해가 났을 때, 급한 수술환자에게 수혈이 필요할 때 등, 어렵고 다급할 때는 항상 그들이 있었습니다. 당연히 우리가 사랑해야 할 제일의 대상입니다.

그러나 현실은 그렇지 못합니다. 사상 최대의 수해를 가져온 루사 태풍으로 말미암아 10만 여명의 군인이 동원되고 있을 때에도, 언론에서는 '군 의문사 사건'만을 집중적으로 조명하여 군 전체를 흑암 덩어리로 비추고 말았습니다. 과거에도 군인들을 특별한 눈으로 보는 경향이 없었던 것은 아니지만 이렇게까지 심하게 매질당한 적은 없었습니다. 그런데 그들이 이렇게까지 부정적인 이미지로 다가온 것은 아마 정치에 깊이 간여한 이후부터라고 말할 수 있을 것입니다.

지금의 군은 아름다운 존재로 돌아왔습니다. 아니 그들 대부분은 여전히 아름다움을 벗어난 적이 없는 부류입니다. 예

컨대 김영삼 정부 시절 부정부패를 몰아내기 위한 방편으로
고위공직자들의 재산을 의무적으로 신고하게 했을 때 그 일단
이 드러났습니다. 당시 정치인, 법조인, 공무원, 경찰 등 어느
직종이든 수십·수백 억대의 재산가들이 속출하였습니다.

이 때 많은 사람들이 이런 말을 하였습니다.

"이제 며칠 뒤에 있을 군장성들의 재산신고를 봐라. 그들은
여타 공무원들과 비교도 되지 않을 만큼 어마어마할 것이다.
군이 쓰는 거대한 예산의 떡고물로 떨어지는 것이 얼마나 많
겠는가?"라고 말입니다.

그런데 막상 뚜껑을 열어보니 10억 이상의 재산가는 단 한
명도 나오지 않았습니다. 재산의 많고 적음이 청렴도의 완전한
잣대가 될 수는 없겠지만, 그래도 단편적으로나마 가장 깨끗한
집단임이 입증된 것입니다. 그들은 차후에 정치를 꿈꾸지 않는
이상 억척스럽게 재물을 모으는 사람들은 아니었습니다. 그들
의 월급은 2~3년마다 전근 다니랴, 부하들 회식시키랴, 자녀
들의 학자금 대랴 빠듯할 수밖에 없었습니다. 그리고 나라를
위해 언제든지 목숨을 바쳐야하는 사람들인지라, 돈 많은 부유
층 집안의 딸들이 시집오지 않은 것도 재산가가 없는 이유가
되었습니다.

군사정권 시절에는 군인들이 오만했던 것도 사실입니다. 민
간인들이 그들에게 피해를 입어도 딱히 어디다 하소연할 수도
없었습니다. 휴가 나온 군인들이 술을 퍼마시고 아무나 때리고

부숴도, '사기앙양'이라는 이름하에 무마되기 일쑤였습니다. 그러나 이제는 오히려 군인들이 조심하는 시대가 되었습니다.

세상에 남녀가 함께 있어야 아름다운 것임은 틀림없는 사실이지만, 남자만의 세계도 아름답기 그지없습니다. 극한 훈련을 한 명의 낙오자도 없이 통과했을 때 느끼는 짜릿함, 그리고 그 속에서 깊어만 가는 전우애, 잔잔한 감동과 기합이 아우러지는 내무반, 취침 나팔을 들으며 부모 형제, 애인 생각에 뒤척거리는 긴긴 겨울밤…… 이는 남자가 아니고서는 느낄 수 없는 미학입니다.
군의 아름다움은 다른 곳에서도 나타납니다. 가장 위험한 일을 하지만 가장 안전하게 만든 울타리가 어찌 아름답지 아니하겠습니까? 물론 언론에 각종사고가 보도되지만, 60만 대군이 운집한 곳이라는 것과 각종 무기들을 휴대하는 집단이라는 점을 고려하면, 그보다 더 안전한 곳이라고 말할 수 있는 곳은 없습니다.

군에 대한 얘기가 나올 때마다 때때로 이와 같은 말을 쏟아내지만 동의하는 사람은 많지 않습니다. 그 때마다 내가 아직 군인인양 서글퍼지기도 하고, 지나간 세월이 그리 길지만은 않은 것 같은데 인걸이 많이 변한 것을 느낍니다.
군대 가는 것을 자랑으로 알았고 또한 당연히 여겼던 우리

187

들 세대조차 왜 그리 이다지도 군을 싫어하는 것일까? 거기에
는 몇 가지 이유가 있습니다.

그 중의 하나는 일종의 피해의식 같은 것입니다. 군복무기
간 동안 학문을 연마할 수 없음으로 해서 개인적으로 마이너
스라는 생각이 들기 때문입니다. 물론 군에서의 훈련과정을
통해 강인한 정신력과 체력을 소유하게 되므로 득이 된다는
말도 있지만, 그렇지 않은 자들도 얼마든지 사회생활을 잘하
고 있습니다. 아니 성공한 사람들일수록 병역미필자의 비율이
훨씬 높은 것을 볼 수 있습니다. 아마 그것은 미필자들이 다
른 사람의 군복무기간 동안 더 노력을 한 결과일 수도 있고,
현 사회의 직업구도가 군에서 연마되는 체력과 정신력을 덜
필요로 하는 형태로 발전했기 때문일 수도 있습니다.

그리고 현 젊은이들이 자유방임형으로 자라는 것은 통제와
질서의 대명사인 군대를 좋아할 수 없게 만들고 있습니다. 그
들 중에는 입대하는 것을 감옥에 가는 것처럼 느끼는 경우도
있습니다. 국가의 존망을 생각하며 머리로는 군을 사랑해야
한다고 말하나 육체는 자유롭게 발산되기를 갈망하는 것입니
다. 이와 같이 육체의 자유를 방임적으로 누리던 자들이 통제
된 생활에 적응하기란 쉽지 않습니다.

한 예로 군사정권이 끝나고 문민정부가 들어서며 많은 부정
부패자들이 철퇴를 맞았을 때를 상기할 수 있습니다. 당시 부
정부패자로 법의 심판을 받아 많은 정치인과 고위 공무원, 군

삶은 갈래 사랑은 하모니

의 고위 장성들이 감옥에 갔고, 그들에게 뇌물을 주던 자들도 함께 했습니다.

세상은 그들을 주목했습니다. 특히 푸른 제복에다 별을 주렁주렁 달고 다니던 장군들이 어떻게 감옥생활을 할 수 있을지를 매우 궁금해했습니다. 그러나 오랜 질서생활에 몸이 밴 그들은 모범적인 수형 생활을 하였고, 오히려 자유분방한 향락생활을 즐기며 뇌물을 주던 밤의 재계 실력자들이 절규하였습니다.

한편 군이 갖는 특수성 때문에 괴로워한 자들도 많습니다. 일사불란한 지휘체계 앞에서 자신의 의견은 아예 무시되거나 개진할 수도 없는 환경이 조성되기 때문입니다. 더군다나 간부들, 곧 직업군인들보다 일반 병사의 학력이 높은 경우가 많기에 병사들 자신이 정당한 명령조차 수모로 생각하는 경향이 있습니다.

군의 안전을 믿지 못하는 경우도 많습니다. 논리적으로는 군이 사회보다 더 불안전하지 않다는 것을 이해하지만, 일단 위험한 총기류를 휴대한다는 점에서 불안합니다. 더군다나 부모 입장에서는 자식이 눈에 보이지 않는 곳에 있기 때문에 불안하고, 자식 입장에서는 부모를 비롯한 지인들과 떨어져있다는 사실에 고독합니다. 이는 자식이 깊은 강에서 헤엄을 쳐도 어머니 눈에 보이는 곳에 있으면 불안하지 않지만, 어머니가 집에 있는 동안은 자식이 강에 갔다는 사실 자체가 불안한 것과 마찬가지 이치입니다.

189

　그러나 이런 것들보다 더 큰 이유가 있습니다. 군이 질타받
는 근본적인 이유는 과거의 본분을 망각한 정치적 관여에 기
인합니다. 그리고 그것을 이유로 해서 역사가 바뀐 지금 소인
배들이 한풀이대상으로 삼고 있고 다수의 시민들이 이를 방관
하고 있는 것입니다.

　사람은 그 자신에게 있어 자기 목숨보다 소중한 것이 없습
니다. 성경이 '사람이 만일 온 천하를 얻고도 제 목숨을 잃으
면 무슨 소용이 있으리요'라고 기록한 것처럼 말입니다. 그래
서 우리는 어떤 사람이 회사의 비밀을 유지하기 위해 자살하
였다는 소식을 들을 때면 정말 의아해 합니다. 그러나 자기 목
숨을 기꺼이 버려야 하는 직업이 있습니다. 군인은 가족과 사
회와 국가를 위해 목숨을 들의 풀처럼 하루살이 날것들처럼
여기는 사람들입니다. 그들이 바라는 것은 아무것도 없습니다.
가장 소중한 목숨을 내어놓았으니 필요한 것이 있을 수 없습
니다. 다만 전쟁에 패하여 자신의 죽음이 헛되지나 않을까 염
려할 뿐입니다. 그리고 그것보다 더 두려워하는 것은, 자신을
전쟁에 출정시킨 사회가 훗날 자신들을 오히려 바보처럼 여기
거나 잘못된 것으로 여기지는 않을까 하는 것입니다.
　그런데 근래에 이르러 이런 오해를 살만한 일들이 사회 각처
에서 일어나고 있습니다. 가뜩이나 군에 갈 마음이 없는 젊은
이들에게 정당성 있는 항변의 빌미를 제공하고 있는 것입니다.

삶은 갈래 사랑은 하모니

군인은 아름다운 사람들입니다. 전쟁을 결정한 사람들은 훗날 잘잘못을 가려야 되지만, 전쟁의 도구가 된 사람들은 승패와 이념을 떠나 모두 다 숭고한 사람들입니다. 이 사실을 왜곡하는 사회에서의 군은 기피의 대상이 되고 질타의 대상이 될 수밖에 없습니다.

참 인생 노니는 곳을 향하여

상

수십 년 전, 대통령을 뽑는 날이었습니다. 당선 가능성이 전혀 없는 군소 정당의 모 후보가 아침 일찍 투표를 마치고 투표장을 나섰을 때 기자들이 마이크를 들이댔습니다. 그 후보는 자기는 자기 자신을 찍었노라고 당당히 밝히면서 당선을 확신했습니다.

초등학생이었던 나는 너무나 의아해서 부모님께 여쭈었습니다. 자기가 자기를 찍어도 되느냐고 말입니다. 약기라고는 전혀 없는 시골 아이인지라 그런 의문을 갖는 것이 당연했습니다.

"너희들은 반장 뽑을 때 어떻게 하니? 후보가 된 어린이는 누구를 찍지?"

아마도 어머니는 나의 이해를 돕기 위해 학급 반장 선거를 예로 들으셨던 것 같습니다. 그러나 어머니의 의도는 여지없이 빗나가고 말았습니다.

"자기가 자기를 찍는 사람은 없어요."

나만 그랬는지 전부 그랬는지는 알 수 없는 노릇입니다. 그러나 개표를 해서 한 표밖에 나오지 않은 친구를 향해 자기가 자기를 찍었노라고 여럿이 놀려대고, 당사자인 어린이가 극구 부인하던 일들을 생각하면 내 말이 맞는 것 같습니다.

중학생이 되어서야 저 잘났다고 떠드는 회장 선거 유세를 보았습니다. 그리고 대학생이 되어서야 비로소 돈을 물 쓰듯 쓰고, 출신고교끼리 뭉치는 이상한 현상을 목도했습니다. 지금은 자신의 당선을 위해서라면 거짓과 협박과 회유와 폭력, 인격살인까지 서슴지 않는 세상에 살고 있습니다.

이것은 단지 어려서 보지 못한 것을 어른이 되어서야 보았다는 의미만은 아닙니다. 세월이 흐를수록 자기 주장과 선전, 욕망만이 난무하는 세상이 되어간다는 뜻도 있습니다.

'옛날에 금잔디'를 노래할 때는 겸손을 미덕으로 배우고 인격의 완성으로 알았습니다. 자기 주장과 PR이 학문이 된지는 얼마 되지 아니한 것 같습니다. 그런데 이제는 학교 교육조차 아이들에게 자기의 주장과 논리를 위주로 가르치려니 합니다. 그래서 요즘은 어디를 가든지 토론이 왕성한 반면에 토론의 결론이 없는 것 같습니다. 목표하는 것에 여러 길이 있어서라면 얼마나 좋을까마는, 단지 반대를 위한 위기대처 논리능력이 뛰어나서 생기는 일이 아닌가 싶습니다.

어느 날 우연히 초등학교 4학년인 막내 녀석의 앨범을 보았습니다. 사진 앨범이 아니라 상장 앨범이었습니다. 유치원 때부터 모아둔 상장, 임명장 등이 족히 50개는 넘어 보였습니다. 제 엄마가 모아두라고 한 마디 한 모양인데, 지금껏 잊지 않고 상을 탈 때마다 차곡차곡 모아 온 모양입니다. 막내는 그것을 보

참 인생 노니는 곳을 향하여

고 즐거워하며 자랑스러워합니다. 내가 이 글의 모양새를 좋게 하기 위하여 이 내용을 삽입하지만, 실제로는 나도 막내 자랑을 하기 위한 의도가 반은 넘는 것 같습니다. 그러고 보니 인간이 명예와 부와 권력을 추구하는 것은 너무나 당연한 인간의 소욕인 것 같습니다. 누구나 상 받기를 원하고 그 혜택을 누리고 싶어하는 것입니다.

그러나 진정 상 받을 만한 자는 상 받으려고 애쓰지 않습니다. 불 앞에서는 한 줌의 재로 변할 상장, 죽음 앞에서는 아무 값어치도 없는 명예와 부를 일찌감치 생각지 아니하고, 눈에 보이지 아니하는 하늘이 주는 상을 바라보며 사는 자들입니다.

내가 진실로 존경하는 한 분이 있습니다. 원주 중부교회 박원규 원로목사님이십니다. 반평생을 소도시의 조그마한 교회에서 목회하셨지만, 한국 교계에서 많은 일들을 감당하셨습니다. 성경을 많이 묵상하시고 깊이가 있어 설교를 듣는 자마다 감동으로 넘쳐납니다. 그러나 그 목사님은 수십 년 동안 책한 권 남기지 아니했습니다. 여러 이유가 있으셨지만, 자신을 드러내는 것은 부끄러운 일이라는 겸손 때문이었습니다. 나는 지금까지 다른 어떠한 사람으로부터도 그런 말을 들은 기억이 없습니다. 얼마 안 되는 지식과 경험으로 책을 쓰려고 하는 나와 같은 자들에게 귀감이 될 것입니다.

그런데 목사님께서 은퇴를 앞두시고 설교집을 한 권 내셨습니다. 목사님의 설교를 은퇴 후에도 계속 듣고 싶다는 후배

삶은 갈래 사랑은 하모니

목사님들의 간곡한 요청 때문이었습니다. 그렇다고 목사님의 신념이 바뀐 것은 아니었습니다. 이 사회가 주 안에서 아름답게 되기를 갈망하는 목사님의 기도가 그 자신의 부끄러워하시는 마음을 이겼기 때문이리라 생각합니다.

우리가 이런저런 모양으로 받는 상이 이와 같았으면 합니다. 자신의 명예로서가 아니라 사회와 후진들을 위해서 받을 수밖에 없는 상 말입니다. 하지만 지금은 진학과 진급을 위해 상을 받고 봉사활동을 하는 시대가 되었습니다. 내면에 있어야 할 것을 외면으로 측정하는 것이 안타깝습니다. 상을 받기 위해서라도 노력하는 것이 긍정적인 효과를 나타낼 수도 있습니다. 그러나 그것을 위해 상 받을 만한 자를 깎아 내리고, 뒤에서 돈을 쓰며 권모술수를 부리는 것은 지극히 큰 지구오염이 아닐까 생각합니다.

지구상에서 제일 권위가 있다는 노벨상, 그 중에서도 노벨의 뜻이 가장 잘 반영된 노벨 평화상……. 우리나라 사람으로서는 이제 딱 한 번 받았을 뿐인데 이러쿵저러쿵 말도 많습니다. 반대편에 있는 자들의 시기심인지, 흑막이 있음인지는 알 수 없습니다. 그러나 그 큰 상을 뒷거래만으로 받을 수 있다고는 생각지 않습니다. 그의 일생이 오랫동안 인권을 위해 노력한 결과라고 봅니다. 이만한 인물이라도 가졌다는 사실을 자랑하고 싶습니다. 설령 상을 받기 위해 동분서주했더라도 분노하지는

참 인생 노니는 곳을 향하여

않겠습니다. 그것이 참 인간의 소욕이기 때문입니다.

다만 상을 주는 쪽에 말하고 싶은 것이 있다면, 국가원수급들은 가급적 상 받는 자들 범주에서 배제하는 것이 좋겠다는 것입니다. 그들은 인류평화를 위해 막대한 권한과 사명을 위임받은 자들입니다. 이미 그 직책만으로도 큰 상을 받은 자들이기에 이중으로 상을 지급할 필요는 없습니다. 그리고 많은 사람들은 그들을 향해 '그만한 위치에 있었으니까 그만한 일을 할 수 있었고 상을 받은 거야'라고 생각합니다. 그러므로 귀감이 될 수 없습니다. 그리고 어느 누구도 그들보다 더 큰 물리적 능력을 발휘하기란 쉽지 않습니다. 후보자들의 편에서 본다면 불공정 게임인 것입니다. 이 세상에는 그들 말고도 나이팅게일이나 테레사 수녀와 같이 이름만 들어도 가슴이 뭉클해지는 분들이 많이 있습니다. 그들은 지구상의 지극히 작은 일부분에서 일을 했지만 온 세상을 비추고 있습니다. 상은 바로 그런 사람들이 받는 것입니다. 물론 국가원수라 할지라도 고르바초프와 같이 출신지나 학문적, 사상적 태생의 한계에도 불구하고 획기적인 일을 한 분들은 괜찮을 것입니다.

김대중 대통령이 노벨 평화상을 취임 전이나 퇴임 후, 또는 사후에 받았더라면 좋았을 것입니다.

삶은 갈래 사랑은 하모니

도 둑

경관 열 명이 도둑 한 명 못 잡는다는 말이 있습니다. 아니 수백 수천의 경관이 도둑 하나를 잡지 못해 언론에 흠씬 두들겨맞는 경우도 심심하지 않게 일어나고 있습니다. 구소련을 연착륙시킨 세계 패권국으로서 국제 경찰을 자처하는 미국도 테러 앞에서는 맥을 못 추고 당하기는 매일반입니다. 오늘날과 같이 복잡다단한 사회구조 속에서는, 도둑을 잡는다는 표현보다는 그들이 족적을 남겨 잡혀준다는 표현이 옳을 것 같기도 합니다.

장사하는 곳에는 항상 현금이 있기 때문에 도둑이 많이 꼬입니다. 은행이나 금은방 같은 곳은 그 부의 명성답게 한탕주의자들이 철문을 가르고, 쌀집에는 입에 풀칠하기 위한 조금은 건전한 도둑이 담을 넘습니다. 그런가하면 서점이나 문구점은 순전히 학생들이 호기심과 재미를 따라 찾아오는, 좀도둑이 양성되는 곳입니다.

나는 도둑 걱정을 별로 아니하고 살았습니다. 다른 이들보다 낙천적이라서 그런지, 아니면 확률로 따져서 나에게 해당될 일이 아닌 먼 곳의 일로 치부해 버려서인지는 잘 모르겠습

참 인생 노니는 곳을 향하여

니다. 서점을 할 때도 그랬습니다. 밤 10시쯤 문을 닫고 들어
갈 때 회계하는 일은 거의 없었습니다. 만 원권 지폐만 대충
주머니에 넣고, 천 원짜리 지폐는 정리도 아니한 채 서랍 속
에 너부러지게 놔두었습니다. 게다가 출입문만 대충 잠그고,
창문은 잠겨져 있으면 잠겨져 있는 대로, 열려져 있으면 열려
져 있는 대로 퇴근하는 일이 비일비재했습니다. 일일이 점검
하려니 피곤도 하려니와 무엇보다 그렇게 쫀쫀하게 살기가 싫
었습니다.

그런데 언제부터 도둑이 들었는지 모르겠습니다. 얼마나 잃
어버렸는지도 모르겠습니다. 다만 그렇게 무심하던 내 눈에도
뭔가가 자꾸 없어지는 것 같은 느낌이 찾아왔습니다.

그래서 한 번은 천 원짜리 지폐를 계수해 놓고 퇴근해 보았
습니다. 아니나 다를까? 다음날 아침에 와 보니 천 원짜리가
반 정도는 사라져 있었습니다. 한꺼번에 다 훔쳐가지 않은 것
은 주인이 눈치채지 못하게 하려는 의도가 분명했고, 그것은
계속해서 도둑질을 하겠다는 뜻이었습니다. 나는 어찌할 바를
알지 못했습니다. 집에도 아니 가고 서점에서 밤을 새울 수도
없는 노릇이고, 계속 털릴 수는 더더욱 없는 노릇이었습니다.
자물쇠를 바꾸어 보았지만 여전히 침입의 흔적은 가시지 아니
했습니다. 우연히 경관이 책을 사기 위해 서점에 들렀기로 상
의했더니, 파출소에 신고해 봤자 밤에 순찰 한두 번 더 돌아
주는 것이 고작이지 별 뾰족한 방법은 없다고 합니다.

삶은 갈래 사랑은 하모니

나는 스스로 도둑을 때려잡기로 작심을 했습니다. 서점 바닥에 스티로폼을 깔고 누웠습니다. 그리고 아내는 전등을 모두 끄고 나가서 셔터를 잠그고 퇴근하도록 했습니다. 도둑이 보았다면 분명 이 상가 안에 아무도 없는 줄로 여길 것입니다. 독이 오를 대로 오른 나는 아무 두려움도 느끼지 않았습니다. 아무리 힘센 도둑이라도 옆에서 느닷없이 내려치면 쓰러지고 말 것입니다. 문제는 도둑이 들어오는 것을 보더라도 지근거리가 될 때까지 잘 숨어 있어야 한다는 것이었습니다. 그런데 서점 안이 캄캄하니 그것은 염려하지 않아도 되었습니다.

눈을 지그시 감고 잠을 청했습니다. 도둑은 보통 모든 이들이 잠에 취한 새벽 미명에 움직인다고 하니, 그때까지 눈이나 좀 붙이고 있어야겠다는 생각에서였습니다.

그런데 그것이 중대한 실수였습니다. 눈을 감은 지 채 5분도 되지 않아 시커먼 그림자가 다람쥐처럼 거침없이 창문을 넘어 들어오는 것이 보였습니다. 나는 마음의 준비가 덜 된 탓에 나도 모르게 소리를 질렀습니다.

"도둑이야―."

시커먼 그림자가 깜짝 놀라 후다닥 바람을 가르며 내튀었습니다.

"도둑, 도둑이야―. 도둑이야―."

그것으로 그 날 상황은 종료되었습니다. 내 목소리를 듣고 나와보는 사람은 아무도 없었습니다. 2층의 당구장 아저씨도

참 인생 노니는 곳을 향하여

3층의 건물 주인도 애써 침묵했습니다. 아래층에서 나는 소리는 위층에서 잘 들리는 법인데도 말입니다. 그 동안 자꾸 도둑이 든다는 나의 말에 함께 걱정을 해 주어 마음이나마 든든했던 것이 꼭 속은 기분이었습니다.

이사를 가기로 했습니다. 서점 매상이 신통치 아니했고 정도 떨어졌음입니다. 새 가게를 계약하고 짐을 꾸렸습니다. 내일이면 이 지긋지긋한 도둑과의 전쟁이 끝난다 생각하니 그간의 서운한 일들도 다 잊혀지는 느낌이었습니다. 이웃에 서운했고 경찰 아저씨에게도 서운했습니다.

서점 문을 닫고 집으로 돌아왔습니다.

'도둑아, 오늘은 조금만 털어다오. 그리고 여기서 끝내고 이사간 곳은 찾아오지 말아다오.'

그러나 기분이 영 이상했습니다. 이사하려고 책을 다 묶어 놨으니 가져가기도 쉽겠다는 생각이 들었습니다. 샤워기에서 쏟아지는 뜨거운 물로 몸과 세상의 찌든 상념을 씻어버리다가, 이내 깊은 시름 속에 빠져들었습니다. 수면의 유혹을 떨쳐버리고 집을 나섰습니다.

"여보, 아무래도 기분이 이상해. 서점에 좀 다녀올게."

봉고를 몰고 서점 앞 빈 공간까지 일순간에 달렸습니다. 헤드라이트 불빛에 서점 안에서 두 개의 그림자가 움직이는 것이 보였습니다. 분명히 잠근 자물쇠는 보이지도 않았습니다. 브레이크를 밟았습니다. 달리던 속력에 차가 끼익 소리를 내며 멈추었습니다. 차에서 뛰어내림과 동시에 건물 뒤편으로 돌진하였습니다. 놈들이 앞문 셔터를 내려놓고 일을 보고 있으니 도망하기 쉬운 뒷문을 차단하기 위함이었습니다. '다다다―다' 하는 나의 황급한 구두발자국 소리가 어둠을 가르는 동시에 서점 안에서도 '휘―휙' 하는 두 개의 바람이 뒷문으로 스쳐 지나갔습니다. 역시 바람은 빨랐습니다. 하나는 이미 보이지도 않고 나머지 그림자가 담을 넘고 있었습니다. 그런데 그림자는 그다지 높지도 않은 담을 쉽게 넘지 못하고 미끄러졌습니다. 내가 뒤에서 덮치려 할 무렵에야 가까스로 담을 넘었습니다. 나는 지난번처럼 "도둑이야, 도둑"을 연거푸 외치며 담을 넘었습니다.

그런데 검은 그림자가 넘은 담은 그에게 함정이 되었습니다. 담 너머에는 꽤 낡아 보이는 집과 텃밭이 있었습니다. 그리고 사방이 토담으로 둘러쳐져 있었는데, 그가 넘은 담보다 한결같이 높았습니다. 검은 그림자는 더 이상 바람을 일지 못하고 포기하는 듯 싶었습니다. 그가 포기하자 나에게도 갑자기 두려움이 엄습해 왔습니다. 지금까지는 분함과 노함으로 인해 앞뒤 가리지 아니하고 저돌적으로 따라붙었지만, 그림자가 날카로운 단도를 꺼내들지도 모른다는 생각이 일었기 때문입니다. 그렇다고 코앞에 있는 도둑을 놓아주기에는 지난 두 달 동안의 고뇌가 너무나 원통했습니다. 계속 "도둑이야, 도둑"을 외치며 냉정하게 코너로 몰아갔습니다. 고등학생이었습

참 인생 노니는 곳을 향하여

니다. 직업적 절도범이 아님을 안 순간 조금은 다행이라는 생각이 들었습니다. 그림자는 이래서는 안 되겠다 싶었는지 다시 담을 향해 튀었습니다. 그런데 그가 담 꼭대기를 겨우 잡는 순간, 토담 위에 얹혀있던 기와가 와르르 무너져 내렸습니다. 수십 년 풍상에 지칠 대로 지쳐버린 토담이 도둑을 옭아매고 있었습니다.

이 때, 바깥 공기의 심상치 않음을 느낀 토담집 아저씨가 문을 벌컥 열고 마루로 나섰습니다. 한 번도 마주한 일이 없는 아저씨는 신발을 신을 겨를도 없이 마당으로 내질러 왔습니다. 천군만마를 얻은 나는 아저씨와 함께 계속 몰아 부쳤습니다. 도둑은 이리 펄쩍 저리 펄쩍 뛰면서 계속 토담을 헐고 있었고, 여러 차례 기왓장 떨어지는 소리가 들린 후 겨우 그림자의 모가지를 낚아챌 수 있었습니다.

"놔요, 이것 놔요."

"요놈이 하라는 공부는 안 하고 벌써 도둑질이야."

"제가 무슨 도둑질을 했다고 그래요."

"안 했어? 그러면 왜 도망갔어?"

"도둑이야 하는 소리 때문에 오해 받을까봐 튄 것뿐이에요."

"요녀석이 그래도 거짓말이야."

도둑질도 똑똑한 놈이라야 하는가 봅니다. 어쩌면 그리도 잘 둘러댈까?

"너, 잘못을 빌면 용서해 주지만, 아니면 경찰에 넘길 거야."

피해자인 내가 타협을 시도해 봤지만 여전히 오리발이었습니다. 아니 이러다간 내가 도둑으로 몬 죄를 뒤집어 쓸 수 있겠다는 생각이 들었습니다.

'그래, 여기까지 와서 물러설 수 없다. 잡아 놓고 자백도 못 받는다면 이 얼마나 억울할까? 그것은 지난 두 달 동안의 고통보다도 더 큰 아픔이 될 것이다. 내가 오히려 무고죄를 뒤집어쓰더라도 갈 데까지 가 보자.'

내가 경찰에 신고하기 위해서 전화기를 들고 다이얼을 누르기 시작하자, 순간 학생이 울음을 터뜨렸습니다. 도둑이 최후의 기싸움을 포기하는 순간이었습니다. 그의 부모를 불러 그동안 잃은 것을 변상하는 선에서 마무리지었습니다. 그냥 봐줄까 생각도 했지만, 그것은 학생 쪽이나 두 달 동안 고통받은 나에게나 좋은 일이 아니라는 생각이 들어서였습니다. 막상 일이 다 마무리되니 모든 것이 허탈할 뿐이었습니다.

원수는 외나무다리에서 만난다고 했는가? 도둑질하다 잡힌 학생은 내가 서점을 새로이 개점하는 곳의 건물 주인의 조카임이 드러났습니다. 서먹서먹했지만 건물주와 나는 애써 언급을 피했습니다. 서로에게 부끄러운 일이었기 때문입니다.

이사한 곳에서는 더 이상 털리지 않았습니다. 출입구 쪽이 대로변인지라 밤에도 가로등이 훤했고, 나 자신도 방범을 철저히 했기 때문입니다. 창문은 잠근 상태에서 긴 각목을 안쪽

참 인생 노니는 곳을 향하여

틀에 받쳐 놨습니다. 그렇게 하면 설사 도둑이 문을 딴다 할지라도 도저히 열 수 없다는 말을 들었기 때문입니다. 나무가 조금 작아 한 20cm 여유가 있었지만, 사람이 그 틈으로 통과할 수는 없는 노릇이었습니다. 3년의 시간이 흘렀습니다.

"따르르릉, 따르르릉."

전화벨 소리가 곤한 잠을 여지없이 깨우고 말았습니다. 분명 잘못 걸려온 전화라는 생각이 들었습니다. 아내가 전화를 받았습니다.

"예? 뭐라구요? 문에 애가 끼어 있다고요?"

'이게 무슨 날벼락인가? 어느 몹쓸 엄마가 애를 문 틈에 끼워놓고 도망을 갔나?'

"여보, 빨리 가봐요. 119까지 와 있대요."

퍼뜩 불길한 예감이 들었습니다. 옷을 주섬주섬 챙겨 입으며 맏딸 현정이를 깨웠습니다. 새벽 4시 캄캄한 지금, 누군가 계획적으로 나를 불러내려는 의도인지도 모를 일이었기 때문에 혼자 갈 수 없었습니다. 현정이는 테니스 선수이기 때문에 발이 빨라 여차하면 달아나 긴급상황을 알릴 수 있다는 측면에서, 짐이 될 것이 뻔한 아내보다야 백 번 낫다는 생각이 들었습니다.

전화는 거짓말이 아니었습니다. 서점 앞에는 거대한 119 소방차와 함께 주황색 옷을 입은 십 수명의 소방대원들과 경찰이 출동해 있었습니다. 창문에는 중학생 정도로 보이는 녀석

삶은 갈래 사랑은 하모니

이 끼어 있었습니다.

'잠겨진 창문을 풀었으나 틀에 받쳐진 각목 때문에 20cm 이상은 열리지 않았으리라. 그러나 내 생각과는 달리 녀석은 포기하지 않은 모양이고, 몸을 옆으로 돌려 틈새를 비집고 밀어 넣었다. 그런데 거기서 문제가 생겼다. 몸은 들어갔는데, 둥근 머리는 들어갈 수 없었다. 그리고 일단 안으로 들어간 몸이 다시 빠져 나오려면 몸을 틀어야 하는데, 일단 부자연스러워진 몸은 말을 듣지 않았다. 그래서 몸은 가게 안에 있고 머리는 창 밖으로 삐죽 내밀어진 상태에서 청소부 아저씨에게 발각이 되었다. 흡사 조선시대 사형수들이 목에 칼을 차고 처분만 기다리는 모습으로.'

나와 파출소 경관은 출입문을 따고 안으로 들어가, 창틀에 끼인 각목을 들어내고 녀석을 끌어내렸습니다. 잃어버린 물건이 있을 리 없었고 당연히 용서해 주었습니다. 학생의 장래도 생각했지만, 지난번 사건을 통하여 사랑과 용서의 삶이 중요함을 깨달았기 때문입니다. 그런데 이틀 후 파출소에서 전화가 왔습니다. 조회 결과 전과자로 나타났고, 이미 신문에도 보도되어 파출소 자체에서 해결할 수 없다는 것이었습니다. 그들의 요구대로 파출소에 가서 조서를 꾸몄습니다. 조서 말미에 '잃어버린 것이 없으니 선처해 달라'는 문구를 꼭 삽입시켜 달라고 했습니다. 며칠 후 훈방되었다는 지방 일간지의 보도가 있었습니다.

참 인생 노니는 곳을 향하여

모든 것이 내 탓이었습니다. 내 방식대로 문단속을 게을리한 탓입니다. '훔쳐 가는 놈보다 잃어버린 사람 책임이 더 크다'는 속담 대로입니다. 까딱 잘못됐으면 학생이 창틀에 목이 매달려 죽을 수도 있었습니다.

사회는 그 구성원이 조화롭게 살아야 하는가봅니다. 틀림없이 내 생각 내 주장이 옳다 생각되어도 좀 다른 각도에서도 볼 줄 아는 지혜, 사회 전체를 생각하며 심지어 악을 일삼는 자에 대한 배려도 필요하다는 생각을 해 봅니다.

삶은 갈래 사랑은 하모니

바쁜 인생, 놓치는 인생

태초에 아담과 하와는 에덴동산에서 무척이나 여유롭고 한가한 안식을 누렸습니다. 아름다운 꽃동산에 나비가 날고 새들이 울며 과일이 탐스럽게 열렸으니, 바쁘게 할 일이 무엇이며 불행이 무엇인지는 알지도 못했을 것입니다. 다만 '저 과일은 먹어도 되는 것일까? 저 나는 새의 이름은 뭐라 부를까?' 고민했음직도 합니다.

그런데 뱀의 유혹에 빠져 선악과를 따먹은 이후로 고통이 찾아왔고 평생 바쁘게 일을 해야 했습니다. 인간 불행의 시작입니다. 아담의 아들은 경쟁심리로 형제를 죽이기도 했고, 극도의 불안감에 시달리곤 했습니다. 이 세상에서 살아남아야겠다는 생각이 얼마나 크고 간절했을까?

그 이후로 지금까지, 인간은 그들의 생각과는 별개로 고통이 가중되고 일상은 더욱 더 바빠졌습니다. 아니 요즘 사람들은 도대체 왜 사는지도 모르고 허겁지겁 달려만 가는데……그 대표적인 거리가 서울이 아닌가 싶습니다.

길게 늘어서는 시내버스를 잡으려고 이리 뛰고 저리 뛰는 사람들, 지하철역 계단을 오르내리는 말발굽 같은 소리, 목이

터져라 외치는 시장 상인들……. 그들에게 여유와 안식이라는
두 글자는 사라진 지 오랩니다.

나도 그 중의 한 사람입니다. 장사를 하고 나서부터 그 외
의 것은 모두 부담스러운 일이 되고 말았습니다. 삶이 무엇인
지, 사랑이 무엇인지, 친지가 무엇인지 다 잊어버렸습니다. 가
게문을 닫는 것이 부담스러워 사촌의 경조사에도 빠지는 일이
많아졌습니다.

아니 온다고 섭섭해하는 그들의 얼굴이 떠오를 때마다, '너
도 한 번 장사해 봐라'라고 자문자답하였습니다.

고등학교 동문회에 나가서는 아예 얼굴을 들 수도 없었습니
다. 임원을 제외한 대부분이 다 똑같은 처지였음에도 불구하
고 나만 처음 나온 양 알아서 죄인으로 처신했습니다.

아내? 그녀도 마찬가지입니다. 신혼 때 사흘이 멀다하고 친
정을 찾던 그녀는 이제 등을 떠밀어도 시큰둥합니다. 직장에
서 시달리니 틈만 나면 쉬고 싶을 뿐이요, 어느 덧 올케가 떡
버티고 있는 친정이 남의 집임을 느낀 모양입니다.

이제는 내 어머니에 대해서 얘기하고 싶습니다. 한국의 어
머니들이 다 그렇듯이 마음고생 몸고생 많이 하신 분입니다.
나 어렸을 적에는 다섯 평 남짓한 직사각형 방을 세로 얻어
가운데를 옷장과 이불로 쌓아 막고, 한 쪽은 우리 남매가 다른
한 쪽은 부모님이 쓰셨습니다. 그리고 양쪽이 연결되는 통로에
는 밤에 '쉬─'할 요강이 하나 놓여 있었습니다.

208

TV가 귀하던 시절이라 라디오를 듣는 것이 낙이었는데, 라디오 건전지를 아껴 쓰려고 하루 뉴스 30분, 연속극 30분 짜리 두 편 듣는 것이 고작이었습니다. 겨울이 되면 삼남매의 옷은 다 어머니의 뜨개질로 완성되었습니다. 그래도 아버지가 공직에 계셨는데 왜 그리 어렵게 살았는지 모르겠습니다.

비록 호랑이 같이 무섭고 뱀처럼 차가운 여자였지만 나는 어머니를 좋아했습니다. 사십이 되어서도 어머니가 짜 준 털옷을 입고 시내를 거닌 적이 있습니다. 이런 어머니가 있음을 자랑하고팠던 것입니다. 옛날을 생각하면 그 때 그 시절이 에덴이요, 지금은 동산에서 내어 쫓겨나 인생 아닌 인생을 사는 것이라 여겨집니다.

근대화 물결로 삶의 형편이 급격히 좋아질 때, 아버지는 아버지대로 직장에서 승진을 거듭하여 장(長) 자리에 앉게 되었습니다. 그 때부터 어머니의 나들이가 시작되었습니다. 돈에 여유가 생겼고, 어머니로서도 꼭 참석해야만 하는 일들이 많아졌기 때문입니다. 공직자의 아내로서 공직에 준하는 일들도 꽤 있었던 것 같습니다. 게다가 계모임이 한두 건 첨가되고 요가니 뭐니 취미생활도 하다보니, 아버지보다 더 바쁘고 활기차게 생활하셨습니다. 깔끔하던 집안이 어수선해지기 시작했습니다. 어머니에 대해 지금까지 내가 실망하는 이유입니다.

아내의 치질이 심해 수술하게 되었을 때 너무나 어처구니없

참 인생 노니는 곳을 향하여

는 일이 일어났습니다. 이 사람 저 사람에게 귀동냥을 해보니 치질이라는 것이 잘 낫지 아니하는 병이요, 수술을 해도 재발이 잘 된다는 것이었습니다. 그런데 옆 가게 아저씨는 치질의 제일가는 권위자인 서울의 모 병원에서 수술을 받아서 그런지, 아직까지 재발의 낌새가 없다고 합니다. 더군다나 그 의사의 수술 일정이 꽉 차 있어서 몇 달 전에 예약해야만 한다는 말을 듣고, 우리도 그 병원을 찾았습니다.

몇 달이 지나 아내의 수술 날이 코앞에 다가왔을 때, 약 일주 간의 입원기간 동안 옆에서 지켜줄 보호자가 필요했습니다. 그런데 내가 가게문을 일주일이나 닫는 것은 망하는 지름길이라는 생각이 들었습니다. 사실 그렇지는 않은데 사회 초년병이라서 그랬던 것 같습니다. 그래서 어머니에게 전화를 했더니 시간이 없다고 하셨습니다. 원주에서 수술을 받으면 가끔 들러볼 수는 있겠지만, 서울은 도저히 갈 시간이 없다고 하시면서 말입니다.

결혼 후 처음으로 아내가 불쌍하다는 생각이 들었습니다. 결국 내가 하루, 강릉의 장모님이 하루, 서울의 숙모가 하루, 하는 식으로 일주일을 때웠습니다. 그분들이야 한가했을까마는 모든 일을 제쳐놓고 자리를 지켜준 그분들에게 감사합니다.

요즈음 '어깨'만큼 인기 있는 분들도 없는 것 같습니다. 사실 말이지 그들을 패싸움이나 하는 자들로 봐서는 곤란합니다. 그

삶은 갈래 사랑은 하모니

들은 의리의 집단이요, 필요악이긴 하지만 정상적인 사업 패턴도 가지고 있습니다. 누군가 그들이 무리를 지어 식당에서 식사하는 모습을 보았는데, 그렇게 체계 있고 정중한 사람들이 없더랍니다. 가끔 폭력이 벌어지는 것은 그들만의 세계에서일 뿐이요, 일반인에게 쓸데없이 폭력을 휘두르지는 않습니다. 배부를 때는 함부로 공격하지 아니하는 사자와 같은 자들이요, 공격받는다는 느낌이 들지 않는 이상 물려고 하지 아니하는 뱀 같은 자들입니다.

그래도 '어깨'를 만나면 왠지 섬뜩해지는 것이 사실입니다. 어느 날 아침녘, 내 가게 앞에 영화에서나 봄 직한 어깨들 수십 명이 검은 양복을 입고 도열해 있었습니다. 그들의 속성을 조금은 알기에 그리 걱정되지는 아니했습니다. 마침내 오야붕인 듯한 사내가 검은 승용차에 타는 것을 배웅하자마자 사라졌는데, 마침 시내버스를 타고 그 앞을 지나가시던 어머니가 본 모양입니다.

한 시간 뒤 어머니로부터 전화가 걸려 왔습니다. 아까 지나다보니 깡패 같은 녀석들이 네 가게 앞에 잔뜩 늘어섰던데 아무 일 없었냐고.

나는 아무 일 없었지만, 그 순간을 보셨다면 왜 이제야 전화를 하셨느냐고 되물었습니다. 걱정이 되어서 전화를 하셨답니다. 그렇게 걱정이 되시면 시내버스에서 내리자마자 전화를 하던가 달려왔어야지, 왜 이제야 전화를 하느냐고 따졌습니다.

211

참 인생 노니는 곳을 향하여

바빠서 그러셨답니다.

　웃을 시간도 울 시간도 없는 것이 우리들의 삶입니다. 직계의 일이 아닌 이상 결혼식이나 장례식도 부담스러운 것이 우리들의 모습입니다. 꽉 짜여진 일정 속에 장례를 치르면서 계모임을 생각하고, 입원한 가족을 두고 취미 생활을 나다녀야 하는 세상입니다.
　'이 순간 무엇이 가장 중요한 일인가?'에 대한 절대적 기준은 사라졌습니다. 그냥 내 일이 가장 중요한 것이고, 남의 일은 별일 아닌 것입니다. 바쁜 인생 속에 놓치는 인생이 있음을 깨닫습니다.

삶은 갈래 사랑은 하모니

작은 여성으로서

시할머니의 짐

시집온 지 10여 년이 흘렀습니다.

여러 곳으로 전근을 다녀야 하는 교사의 직업 때문에 시부모를 모시지 못하고 있습니다. 집안 맏며느리로서 죄송스러울 때가 한두 번이 아닙니다.

방학이 되면 두 딸을 데리고 시댁을 찾지만 가사를 돕기는커녕 잔뜩 일만 만들 때가 많습니다. 두 딸이 시부모와 시조부모의 귀여움을 받으며 집안을 온통 헤집고 다니기 때문입니다. 그런데 어른들은 그것을 행복으로 느끼는가 봅니다. 나는 온통 어수선할 뿐인데도 말입니다. 의무감으로라도 설거지도 하고 청소도 합니다.

그런데 시할머니께서 호미를 들고 밭으로 나가실 때는 못 본 척 하고 맙니다. 자신이 없을 뿐만 아니라 손에 흙 묻히기 싫고 괜히 얼굴이나 태울 것 같기 때문입니다.

어제는 시조부모님께서 산에 묏자리를 돌보러 가신다고 아침부터 부산스럽게 움직이셨습니다. 아마 일꾼도 사신 모양입니다. 그분들이 드실 음식이며 일할 도구들이 몇 개의 큰 보자기에 싸여 마루에 하나씩 놓이기 시작했습니다. '저 많은 짐

215

을 어떻게 들고 가실까?' 하는 생각이 들었습니다. 집에서 시내버스 정류장까지의 거리가 족히 200m는 될 것 같고, 버스에서 내려서도 산의 묏자리까지 500m 남짓 되기 때문입니다. 따라가지는 못하더라도 대문 밖까지는 짐을 날라 드려야되겠다는 생각이 들었습니다.

그런데 생각과는 달리 짐이 들리지 않았습니다. 마치 강한 자석이 쇠붙이를 당기고 있는 것과 같이 끄떡도 하지 않았습니다. 칠순이 훨씬 지나신 시조부모님의 손이 닿은 이후에야 짐들은 움직였습니다. 시조부모님은 평소 일과 같다는 듯이 등에 지고 머리에 이고 손에 들고 "다녀오마" 하시며 대문 밖을 나섰습니다.

나는 아무 것도 할 수 없었습니다. 그냥 바라볼 뿐이었습니다. 나의 무기력함이 너무너무 싫었습니다. 그 동안 자신만만 하던 내 삶이 겸손해졌습니다. 어린아이들 가르치느라 파김치가 되어 돌아올지라도 '나는 오늘 하루 최선을 다했다'라고 말할 수는 없을 것 같았습니다.

세월이 많이 흘러, 한 분은 세상을 뜨셨습니다. 팔순을 넘기신 다른 한 분도 기력이 예전 같지는 않으십니다. 이제는 정말 무거운 짐을 들 수도 없으십니다. '정정하셨을 때 그렇게 힘든 일을 많이 하셨던 것보다는, 차라리 지금처럼 소일하시는 것이 더 나은 생활이 아닐까?' 하는 생각도 해 봅니다.

그렇지만 지금도 할머니는 나름대로 무거운 짐을 갖고 계시

삶은 갈래 사랑은 하모니

는 것 같습니다. 예전의 짐이 눈에 보이는 짐이었다면 지금의 것은 눈에 보이지 않는 짐입니다. 그리고 예전의 것은 내가 해결할 수 없는 짐이었던 반면에 아마도 지금의 짐은 내가 도와 드릴 수 있을 것 같습니다.

시할머니의 짐은 무엇일까?

잘은 모르겠지만, 내가 조금만 더 자주 찾아뵙는다면 조금은 가벼워질 것입니다. 손주가 학교의 이 얘기 저 얘기를 해 드리는 것만으로도 반은 사라지지 않을까 생각합니다. 그리고 집안 모든 식구들이 사랑의 하모니로 화목하다면 할머니의 짐은 완전히 사라질 것입니다.

무뚝뚝한 세대, 까발리는 세대

아침 시간은 참으로 바쁩니다.

시집온 지 15년이 흘렀지만 여전히 우왕좌왕하기 일쑤입니다. 자기 전에 설거지라도 해 놓은 날은 그래도 조금 낫습니다. 눈 비비고 일어나서 여기저기 널브러져 있는 옷가지들과 주방에서 음식 삭는 시큼한 냄새를 뿜고 있는 그릇들을 보노라면, 정말 어느 곳에서부터 손을 대야할지 망설여집니다.

식구들이 좀 도와주면 좋으련만, 두 딸들은 아직 제 앞가림하기 바쁘고 애들 아빠는 신문만 뒤적거립니다. 그러다가 애들 아빠가 먼저 출근하고 이어 큰딸이 등교하면 어수선한 것은 덜해지지만, 그때부터 얼굴을 토닥거리고 작은딸 머리 매만져주는 것도 간단한 일은 아닙니다.

그래도 오늘은 좀 여유가 있습니다. 생각하기도 싫은 어제 일 때문에…… 조금 일찍 일어났거든요.

어제 아침에도 여느 때처럼 막내와 이런저런 얘기를 나누면서 학교로 향했습니다. 가방을 메고 신발주머니나 스케치북을 든 아이들이 짜임새는 없지만 그들 나름대로의 질서를 유지하며 등교하고 있었습니다. 교편을 잡은 지 벌써 20년이 되지만 아이들을 만난다는 것은 여전히 설렘의 연속입니다.

그런데 저만치 교장 선생님이 보였습니다. 학교 담에 붙어 있는 무허가 홍보물을 떼어내고 계신 것 같았습니다. 순간 나는 출근이 늦은 감이 있다는 생각이 들었습니다. 나는 여전히 어려운 분이신 교장 선생님과 마주치지 않고 그냥 지나갈 수 있는 방법을 찾았지만, 외길인지라 별 방법이 없었습니다.

다행히도 교장 선생님은 홍보물 떼는 데만 정신을 쏟고 계신 것 같았습니다. 이 순간을 놓칠세라, 나는 큰 걸음을 빨리 하여 잽싸게 지나쳤습니다. 성공이었습니다.

그러나 안도의 한숨도 잠시, 뒤에서 "교장 선생님, 안녕하세요"라는 크고 낭랑한 목소리가 들려왔습니다. 뒤처져서 따라오던 막내딸 현지였습니다.

'아뿔싸! 내가 그 생각을 못했구나!'

현지는 거기서 그치지 않았습니다. 나를 큰 소리로 불러 세우고 말았습니다.

"엄마~ 엄마는 왜 교장 선생님한테 인사 안 해?"

교장 선생님이 돌아다 보셨습니다. 아니 내가 지나칠 때 이미 아셨을 것입니다. 나는 무안해서 어쩔 줄을 몰랐습니다.

"어머! 교장 선생님 나와 계셨어요?"

정말 능청맞게시리 인사를 하고 뛰었습니다. 후회해봤자 소용없는 일이고 일단은 이 자리를 피하는 게 상책이었습니다.

눈치없이 굴었다고 현지를 야단칠 수도 없는 노릇이고 모든

219

작은 여성으로서

것이 내 탓이었습니다. 불혹의 나이가 되어서도 어른들만 보면 쑥스러워하는 내 성격이 문제였습니다. 아니 그것은 인사를 잘하지 아니하고 무뚝뚝한 한국인의 습성인가 봅니다.

교장 선생님께 죄송스럽기도 하지만 한편으로는 원망스러운 생각도 들었습니다. 교장 선생님께서도 분명 제가 다가오는 줄 알았을 텐데, 좀 돌아서셔서 먼저 아는 척을 할 수도 있었기 때문입니다. 하기야 아랫사람이 먼저 인사하는 것이 우리 사회의 철저한(?) 관례이므로, 관습이 현대 흐름에 안 맞을지언정 교장선생님이 잘못한 것은 없었습니다.

반면에 요즘 아이들은 참 활달하고 명랑하게 잘 자라는 것 같습니다. 우리 세대처럼 무뚝뚝하거나 내면을 감추려하는 것도 없습니다. 그냥 반가우면 반갑고, 만나면 헤헤거리고, 싫으면 안 놀아 버립니다.

이들은 반만년의 한반도 사회상을 바꿀 귀한 아이들입니다.

삶은 갈래 사랑은 하모니

이 시대 선생님들은 가해자?

교대를 졸업하고 어느 날 갑자기 선생님이라는 소리를 듣게 되었을 때, 그 기쁨은 이루 말로 표현할 수 없었습니다. 내가 교직을 택한 이유도 있거니와, 내가 알지 못했던 새로운 것들이 가슴으로 다가왔기 때문입니다.

마치 이제는 평범한 여성에서 벗어나 지적이고 도덕적인 여성이 된 것 같았습니다. 똑같은 옷을 걸쳐도 차림새 자체가 정숙해 보였고, 어렸을 때부터 껴 온 안경조차도 깐깐한 이미지를 연출해내는 것 같았습니다.

무엇보다 아이들을 가르치는 것이 즐겁고 보람이었습니다. 아이들은 가정에서 학교에서 그럭저럭 성장해 가는 것이라 여겼던 것이, 진실로 물 한 모금, 글자 하나하나를 정성스럽게 먹임으로 말미암아 자란다고 생각하게 되었습니다. 그래서 마음과 몸을 다하였고 아이들이나 학부모들이 알아주기를 고대하지 않았습니다. 아이들이 새싹이요, 꽃봉오리라면, 언젠가 활짝 핀 꽃을 보게 되면 그만이었기 때문입니다.

그리고 월급봉투, 그것은 생각보다 두툼했습니다. 어머니의 막일과 큰언니의 도움으로 간신히 학교를 졸업한 나였기에,

이렇게 대우해 주는 국가에 감사했습니다.

그런 와중에 결혼도 하고 어느덧 학부모가 되었습니다. 교사로서 때로는 학부모로서 좀더 폭넓은 인생을 살아가게 된 것입니다. 특히 나의 애들로 말미암아 뜻밖의 사건을 겪게될 때 사고의 폭이 넓어졌습니다.

막내딸 현지가 반장이 된 것은 전혀 생각지 못했던 일이었습니다. 현지가 좋아한 것도 좋아한 것이려니와 애들 아빠와 나도 뜻하지 않은 선물에 감사했습니다. 내가 맡고 있는 반에서 반장을 뽑을 때 단순히 생각하던 것과는 전혀 다른 기분이었습니다.

반장 엄마로서의 역할을 어떻게 해 나가야 될지가 걱정이었습니다. 현직 교사로서 열심히 해도 문제고 안 해도 문제가 되었기 때문입니다. 결국 다른 임원 엄마에게 맡기고 학급 전면에서 빠져 곤란한 처지를 피하기로 했습니다.

반장이라는 자리가 요즘 학부모들이 느끼는 만큼 대단한 자리는 아닙니다. 그냥 남 앞에 서 보는 기회가 몇 번 더 온다는 것에 불과합니다. 더군다나 요즈음 교육은 여러 친구들 앞에서 발표하는 과정이 많기 때문에, 반장이 아니더라도 동일한 경험을 부여받습니다.

그것을 잘 아는 내가 딸아이의 반장 소식에 그렇게까지 좋

삶은 갈래 사랑은 하모니

아할 필요는 없었습니다. 그럼에도 만나는 사람마다 손이라도 잡으면서 자랑하고 싶어 좀이 쑤셨습니다. 아는 사람과 말을 나눌 때면, 나의 막내딸이 반장이 되었노라고 말하기 위해 기회를 엿보기 일쑤였습니다.

그런데 내 말을 듣는 지인들의 말은 약속이나 한 듯 똑같은 대꾸를 했습니다.

"엄마가 그 학교 선생님이니까 당연하지."

"……."

애들 아빠도 딸 얘기를 꺼냈다가 동일한 대답을 받았다고 합니다.

"엄마가 그 학교 선생님이라며?"

"요즘은 선생님이 지명하는 것이 아니고 반 아이들이 직접 선거로 뽑는다는데……."

"그래도 그렇지. 담임 선생님이 누구 찍으라고 안 해도 평소에 이름 한 번 더 불러주면 끝나는 거야."

"자기도 선생이면서 그런 소리 하는 거야?"

"나는 중학교잖아. 초등학생들은 중학교 선생을 알지도 못할뿐더러 초등학교 선생님을 제일로 친다구."

애들 아빠도 할 말이 없었습니다. 어쩌면 그 말이 사실일 수 있었습니다.

해가 바뀌어 나는 인접학교로 전근이 되었습니다. 현지는 엄마와 떨어지게 되었지만, 그 이후에도 반장을 놓치지 않았

작은 여성으로서

습니다. 이제 그만 하라고 말했지만, 현지는 쉽게 물러서지 않았습니다.

나는 현지로 인해 많은 것을 배웠습니다.

'왜 다른 사람들은 교직에 대해서 그렇게 생각할까?'라는 생각을 하게 되었습니다. 그것은 어떤 이유로든지 우리 교단에서 미처 배려하지 못한 부분들이 있었기 때문입니다. 지금 그분들의 자녀에게나 아니면 그분들이 학교에 다닐 때거나, '뭔가 선생 자녀들에 비해서 불이익을 받는다'라는 생각을 가졌기 때문입니다.

요즈음 학교의 자그마한 실수나 사고에도 학부모들의 반발이 드센 것은 비단 그 일 자체의 문제 때문만은 아닙니다. 그들이 인생을 살아오는 동안 교단에 하고 싶은 얘기가 많았기 때문에, 어떤 사건이 터지면 한꺼번에 쏟아붓는 거라고 생각합니다.

이제 교사이기 때문에 겸손해지렵니다. 교사이기에 학부모 입장에서 생각하고, 어린이 편에서 가르치렵니다. 이 시대를 사는 동안 헌신하고, 어떤 이유로든지 동심의 가해자가 되지 않도록 노력하렵니다.

삶은 갈래
사랑은 하모니

지은이	이상호

인 쇄 2005년 3월 24일
발 행 2005년 3월 30일

펴낸이 이대현
편 집 김보라
펴낸곳 도서출판 역락
서울특별시 성동구 성수2가 3동 301-80
전 화 02)3409-2058, 3409-2060
팩 스 02)3409-2059
홈페이지 http://www.youkrack.com
이메일 youkrack@hanmail.net
등 록 1999년 4월 19일 제2-2803호

값 10,000원
ISBN 89-5556-372-8-93810

■ 잘못된 책은 교환해 드립니다.